吸血鬼はレジスタンス闘士

赤川次郎

集英社文庫

イラストレーション／ホラグチカヨ
目次デザイン／川谷デザイン

吸血鬼はレジスタンス闘士

CONTENTS

吸血鬼はレジスタンス闘士

吸血鬼はレジスタンス闘士

英雄

「とても八十歳を超えているとは思えませんね！」

と、リポーターが汗をかきながら言った。

息切れして、言葉も途切れそうだ。

「私はもう——ギブアップです！」

ＴＶカメラは、ヘトヘトになったリポーターから、平然としてジョギングを続ける白髪の外国人を捉《とら》えた。

「何の騒ぎ？」

と、神代《かみしろ》エリカは足を止めた。

皇居の周りは、ジョギングする人が多い。外国人が走っていたって、少しも珍しくはないはずだが。

人だかりがしているのは、ただTV局のカメラが目につくせいばかりでもないらしい。

「――どうやら、外国から来た要人のようだな」

と、フォン・クロロックは言った。

「一緒に走ってくる？」

と、エリカが訊《き》くと、

「ごめんだ！　ジョギングなどせんでも、充分に長生きしとる」

「それって、ちょっと意味が違うんじゃない？」

と、エリカは父をからかった。

その白髪の外国人男性を追って、SPらしい男性が二人、背広姿で走っている。

「大変ね。ボディガードまで、一緒に走らなきゃいけないんだ」

TV局のカメラは、少し併走したものの、すぐに諦《あきら》めた。

人だかりもやがて散っていき、TV局のクルーは機材を車へ積み始めた。

「ああ、参った！」

と、汗を拭《ふ》きながら、リポーターの男性がこぼしている。

「あの爺さん、もう八十三だぜ！　あんなに走って平然としてるなんて、人間じゃないよ」

　クロロックは、そのリポーターへ声をかけて、

「失礼だが、あの外国の方はどなたかな？」

「え？　ああ、今走ってた人ですか。あれはボナールさんです」

「ボナール？」

「フランスの元外相ですよ。フランス展の開会式に出るんで、来日してるんです」

「ほう。そういう方ですか」

「あの体力と脚力にゃ、負けますね」

と、リポーターは肩で息をして、

「もう少しすりゃ、また一周してここを通りますよ。――ほらね」

　エリカは振り返った。

「本当だ」

　さっき走っていったあの白髪の外国人が一周してまた姿を見せていた。

「凄いハイペースね」

「よほどきたえておるのだろうな」

と、クロロックは言った。

ボナール氏は、ＴＶ局のクルーの方へ、ニッコリ笑って手を振ると、そのまま走り続けていく。

後に続くＳＰ二人は、もうすっかり息が切れて、足がもつれそうだ。

「あの三人は護衛の方々かな？」

と、クロロックが訊くと、リポーターはふしぎそうに、

「ＳＰですよ、要人警護の。しかし、三人とおっしゃいました？　二人ですよ。ついているのは」

「ああ、確かに」

クロロックは肯《うなず》くと、

「年齢《とし》のせいか、少し目が……」

エリカは、父の様子に、どこか普通でないものを感じた。

「お父さん、何かあったの？」

と訊く。

「うむ……」

クロロックは腕組みして、

「SP二人の他に、もう一人走っているのが見えた」

「見えなかったよ、私」

「やはりな。あれは時間の幽霊だから、お前には見えないのだ」

「じゃ、幽霊が一緒にジョギングしてるってこと？」

「まあな。幽霊は息切れもしないが」

そのとき、ボナール氏が走っていった先の方で、騒がしい声がした。

「おい、誰か落ちたぞ！」

「お濠《ほり》に外人が落ちた！」

エリカとクロロックは顔を見合わせた。

「お父さん」

「うむ、行こう」

クロロックが駆け出した。

「今日午前、皇居の周りでジョギングしていた、来日中のフランスの元外相、ルイ・ボナールさんが、誤ってお濠に転落しました。通りかかった会社社長、フォン・クロロックさんが飛び込み、ボナールさんを救出、ボナールさんは、服が濡れただけで無事でした……」

TVニュースの画面には、あのリポーターが映っていた。

居合わせたので、クロロックがマントから水を滴《したた》らせながら、ボナール氏の体を抱いて上がってくる姿をTVカメラにおさめたのである。

「見ろ」

と、クロロックがTVを指して、

「私は嘘などついておらんぞ」

「本当だったのね」

夕食をとりながら、クロロックの妻、涼子《りょうこ》が肯く。

見ていたエリカは苦笑いした。

何しろ、エリカより一つ年下の若い後妻、涼子は、凄いやきもちやき。

クロロックがびしょ濡れで帰ってきたのを、

「他の女とプールにでも飛び込んだんでしょ！」

と、とんでもない想像をして怒っていたのである。

ともかく、これで疑いは晴れたわけだ。

「――それにしても、走ってて壕へ落ちるなんて、ずいぶんうっかり者だよね」

と、エリカは言った。

「うむ……」

クロロックは黙って肯く。

「はい、虎《とら》ちゃん、ちゃんと食べて」

「あ、チャイム」

エリカは立ち上がって、インタホンに出た。

「恐れ入ります。フォン・クロロックさんのお宅はこちらでしょうか」

と、女性の声。

「そうですが」

「ボナールの代理の者でございます。今日のお礼に伺《うかが》いました」

エリカはクロロックへ伝えて、玄関へ出ていった。

「——本当に今日はありがとうございました」

居間へ入ると、そのスーツ姿の女性は、ていねいに礼を言った。

「いやいや、偶然というものでしてな」

クロロックはソファへかけて、

「まあ、どうぞ。——あなたは大使館の方かな？」

二十七、八の知的な雰囲気の美人である。涼子はまたむくれている。

「いえ、実は……」

と、その女性は少しためらってから、

「私、久仁子《くにこ》・ボナールと申します。ルイの妻です」

これにはエリカもびっくりした。

ルイ・ボナールは八十三歳だ。その夫人？

「ルイは、二十年ほど、ずっとやもめ暮らしで。——私は一年前に彼と結婚したのです」

「そうでしたか」

クロロックは肯いて、

「ボナールさんも、気を付けなくてはいけませんな。こんな若い奥さんがおありでは」

「はあ……」

人妻と知って、涼子は安心したらしく、いそいそと紅茶など出している。

「それで何を心配されておいでかな」

と、クロロックは言った。

「え？」

「心配ごとがおありとお見受けするが」

久仁子はちょっと胸に手を当てて、

「どうしてお分かりですか」

と言った。

「多少長く生きておりますのでな」

と、クロロックは言った。

久仁子は、フッと肩の力を抜くと、

「主人が不安がっているのです。――あのとき、誰かが主人を突き落としたのだと」

「でも、大勢周りに人がいましたよ」

と、エリカは言った。

「ええ、分かっています。誰かがそんなことをすれば、ついていて下さるＳＰの方に気づかれないわけはありません」

「それでも、誰かに突き落とされた、と……」

「主人はそう言っています」

久仁子は肯いて、

「そんな嘘をつく人ではありません」

クロロックは少し考え込んで、

「──一度、ご主人に会わせていただけないかな？　直接お話しした方が、話が早いと思うが」

と言った。

久仁子は微笑《ほほえ》んで、

「私も、そうお願いしようとしていました」

と言った。

「クロロックさんのことは、知人から聞いています。何かふしぎな力をお持ちだと」

「いやいや、愛の力にはかないません」

クロロックは穏やかに、

「いつお伺いしましょうか？」

「今すぐに」

と、久仁子は言った。

「表に車が待たせてあります」

「分かりました。この娘も同行させていただいてよろしいかな？　なかなか役に立つ子で」

エリカも急いで仕度をした。

「気をつけてね」

と、涼子がエリカへ声をかけて、

「おみやげに何がいいか訊かれたら、エルメスのスカーフって言ってね」

「お母さん……」

「冗談よ」

エリカには本気としか聞こえなかった。

黒塗りのハイヤーが待っていた。

車が走り出すと、助手席に座った久仁子が言った。

「エリカさんはお若くてご存じないでしょうけど、ルイ・ボナールは第二次大戦中、レジスタンスの運動の幹部でした」

エリカも話としては知っている。

第二次大戦下、ヒトラーのナチス・ドイツがフランスを占領下に置いた。それに対抗して、地下組織を作り、抵抗したのが「レジスタンス」と呼ばれる運動である。

これは主に武力闘争で、もちろん捕まれば容赦なく処刑された。

「戦後、『レジスタンスの英雄』として、あの人は広く知られるようになり、政界に入ったのです」

「だから、あんなに体をきたえてらっしゃるんですね」

と、エリカは言った。

「でも、もう八十三歳ですから。――私、もちろん彼がレジスタンスの闘士だったことは話でしか知りませんでした」

「そのころのお話をされることが?」

と、クロロックが訊いた。

「いいえ、あの人は、レジスタンス時代のことは、ほとんど話したがりません」

と、久仁子は首を振って、

「私も、たまには聞きたいと思うんですけど、そのことに触れると、すぐ話題を変えてしまうんです」

「なるほど」

「ところが——今日の事件の後、主人は『レジスタンス時代の亡霊だ』と呟《つぶや》くように言いました」

エリカとクロロックは顔を見合わせた。

車は、ルイ・ボナール元外相の泊まっているホテルへと近づいていた。

幻影

「こちらでお待ちください」

と、案内してくれたSPが、両開きのドアの前で足を止めて言った。

ドアをノックして待つ。

「――おかしいな。中にも護衛官がいるのですが」

と、SPが首をかしげる。

「私がケータイへかけるわ」

久仁子《くにこ》がケータイを取り出してかける。

「――アロー?　ルイ?」

何度か呼びかけて、

「おかしいわ。出ているのに、何も言わない」

クロロックが進み出て、

「合鍵は？　すぐ中へ入った方がいい」

「鍵はフロントに行かないと……」

「手遅れになってはいかん！」

クロロックは、両開きの頑丈なドアのノブを両手でつかむと、一気にエネルギーを送った。

ドアが開く。

「おお、ロックがたまたま外れたようだ」

と、久仁子が中へ入ろうとする。

「私が先に——」

クロロックが久仁子の体をサッと抱え上げて床へ伏せた。

同時に、銃声がして中からの弾丸が廊下の花びんを砕いた。

SPが銃を抜くと、

「何者だ！」

と、声をかけた。

「落ちつけ!」

クロロックは厳しい口調で言った。

「ボナール氏自身が撃っているのだ。奥さん、話しかけて下さい」

「はい!」

久仁子が、ドアの中へフランス語で呼びかけた。少しして、

「クニコ?」

と、問い返す声。

「——やれやれ、危ないところだった」

と、クロロックは首を振って、SPの方へ、

「あんたも焦《あせ》ってはいかん。フランス語で話しかけてみる、くらいはしなくては」

「はあ……。しかし、フランス語は『ボンジュール』と『メルシー』ぐらいしか知りませんので」

と、SPは汗を拭《ぬぐ》った。

部屋の中から、シルクのガウン姿のあの老人が現れ、久仁子と固く抱き合った。

「中のSPは?」

と、クロロックが訊《き》く。

ボナールの話を聞いて、久仁子は、

「SPの方が気を失っておられたそうです。それで誰かが侵入してきたと思って……」

「すぐ中を調べます」

——ホテルの一番広いスイートルームの中は、徹底的に捜索されたが、怪しい人間は発見されなかった。

気絶したSPは、救急車で運ばれていき、部屋の中で、やっとクロロックたちが落ちついて話せたのは、一時間もたってからのことだった……。

「あなたには何度も助けられました」

と、ボナールはクロロックと握手をした。

「いやいや。——風邪《かぜ》をひきませんでしたか？　水泳には少し涼しい季節だ」

と、クロロックが微笑《ほほえ》む。

——クロロックはフランス語ができるが、エリカは簡単な会話しか分からない。

ここは便宜上、久仁子が通訳してくれた日本語での会話ということにしよう。

しかし、エリカは昼間、元気にジョギングしていたボナールが、今は急に老け込んだように思えた。

「――あなたはふしぎな力をお持ちだ」

と、ボナールは言った。

「この私の軽くない体を軽々と持ち上げて下さった」

「まあ、それはいい。――ボナールさん。ここには我々四人しかいない。打ち明けたいことがあれば話して下さい」

久仁子がコーヒーをいれてきた。

ボナールは深くため息をつくと、

「もう六十年以上も前の話だ」

と、口を開いた。

「私は二十歳になったばかり。しかし、レジスタンスの運動の中では、目立った活動をしていて、若くして幹部の一人だった」

「武力闘争に明け暮れていたというわけですな」

「そうです。ナチス将校の暗殺。ドイツ軍の物資の強奪、列車の爆破……。何でもやりました」

と、ボナールの目は遠くを見ていた。

「命がけだったし、多くの同志、友人を失ったが、それなりに充実した日々でした」

クロロックは黙ってコーヒーを飲んだ。

ボナールは少し間を置いて、

「――あの日は大規模な作戦でした」

と言った。

「捕らえられ、処刑を待っているレジスタンスの仲間を、監獄から救い出すこと。そのために、ドイツ軍宿舎になっている建物を爆破、混乱をひき起こしておいて、装甲車を奪うという計画でした……」

空家《あきや》の中は、少しカビくさい匂いがした。

「――ルイ?」

暗がりから声がした。

「俺だ」

ルイ・ボナールは、ロウソクの灯《ひ》がつくと、懐かしい顔を見て、びっくりした。

「ジャン！　生きてたのか！」

「足はちゃんとついてる」

と、ジャンはいつものいたずらっ子のような笑顔で言った。

「パリで捕まったと聞いたが」

「逃げ出した。見張りがぼんやりした奴だったからな」

と、ジャンは言った。

「良かった！」

ルイは固くジャンの手を握りしめた。

ジャンのてのひらはじっとりと汗でしめっていた。

「計画は順調か？」

と、ジャンが訊いた。

「ああ、問題ない」

ルイは肯《うなず》いて、

「お前となら、やりやすくて助かる。——出かけよう」

危険を少しでも減らすため、ルイでさえ、当日誰と組むか知らなかった。

「いい時間だ」

と、ジャンが肯く。

二人は、古びたボストンバッグを手に、空家の裏手に出た。

もう夜で、この辺りはほとんど人が住んでいない。静かで、真っ暗だった。

外の通りは、巡回するドイツ軍の兵士で一杯だ。

ルイとジャンの二人は、家並の、庭から庭へと辿っていった。

こうすれば、検問に引っかかることもないわけだ。

二人は黙々と歩いていた。

時折、外の通りをドイツ軍のサイドカーや軍用車が通る音がして、ハッと息をひそめる。

三十分ほどで、ドイツ軍兵士の宿舎のすぐ裏に出た。

「——よし間に合った」

ルイはそっと汗を拭《ふ》いた。

計画は「時間」が第一だった。

ルイとジャンは、宿舎の建物に爆薬を仕掛ける。

それが午後十時三〇分に爆発。宿舎は大混乱に陥《おちい》る。

近くの部隊や巡回中の兵士は、ほとんどがここへ集まってくる。

十分後、レジスタンスの部隊が、同志の捕らえられている建物を攻撃する。警備に当たっている兵士の数は限られている。

当然、応援を要請するだろう。しかし、この宿舎にかかり切りで、回せる兵力はない。

とりあえず、装甲車が応援に向かう。

それを途中で待ち伏せた同志が襲って乗っ取る。——難しければ破壊でもいいが、できれば奪って、その装甲車で監獄の警備をする兵士たちをけちらす……。

すべては約二十分間にやってのけなくてはならないのだ。

ルイとジャンは、宿舎の塀の壊れたところから中へ忍び込んだ。

明るい窓から、兵士たちの笑いさざめく声や音楽が聞こえてくる。

ここは本来小学校の建物である。その教室へベッドを入れて、兵士用の宿舎にしてあった。

二人は、予《あらかじ》め決めた通りの場所に爆薬を仕掛けた。——黙々と、手早く。

爆薬の扱いには慣れている。

ワイヤーを引いて、起爆装置へつなぎ、それを手に、離れた場所で身を伏せる。

時間はあと三分。——手ぎわのいい仕事だった。

「シャンソンを聞いてやがる」

と、ルイは呟《つぶや》いた。

「ああ」

「ドイツ兵に、シャンソンが分かってたまるか！」

——兵士たちも、戦争の始まる前は、ごく普通の市民で、それぞれに妻があり、子がいるということなど、ルイは考えたこともなかった。

三分間は長かった。

当然、兵士が巡回もしている。爆薬が発見される危険もあった。

苛々《いらいら》と待つ内、ジャンが腕時計を見て、肯いて見せた。

ルイは、起爆装置のレバーに手をかけた。

そのとき——コーラスが聞こえてきた。

ルイの手が止まる。

「あれは……フランス語だ」

と、ルイが言った。

「レコードかな」

ルイは耳を澄ました。

「——いや、あれは生の声だ」

ルイは隠れ場所から這い出して、素早く窓へと近づいた。

そっと目を出して、明るい室内を見た。

——ドイツ兵たちが思い思いの格好で、ステージを眺めている。そして、ステージの上で歌っていたのは、フランス人の子供たちだった。

ルイは青ざめた。

急いでジャンの所へ戻ると、

「フランスの小学生たちだ！　どうなってる！」

「中にいるのか。——大方、ドイツ軍の将校が歌が好きとかで、この辺の子供たちを招いたんだ」

「爆破したら、あの子たちも無事じゃすまないぞ」

「どうするんだ？」

ルイは答えられなかった。

「爆薬をあの辺だけ外すか」

と、ジャンが言った。

「時間がかかる！　間に合わない」

「しかし――」

「連絡の取りようがない。――畜生！」

ルイは拳を握りしめた。

すでに、予定の十時三〇分を四分も過ぎていた。

あと六分で、同志たちが監獄を攻撃する。

「どうする？」

と、ジャンが言った。

「やらなければ――仲間たちが死ぬ」

「あの子たちを殺すのか」

「他に手があるか？」

あと五分。――もう余裕がなかった。

コーラスが終わり、拍手が聞こえてきた。

「これで引き上げるかもしれない」

と、ルイは息を殺した。

しかし、少し置いて、次の歌が聞こえてきた。ルイは目を閉じた。

「あと三分しかない」

「分かってる！」

失敗すれば、レジスタンスの組織の受ける打撃は大きい。

「やろう」

ルイは起爆装置のレバーに手をかけた。

コーラスが、一段と高く輝かしい声を出した。

レバーを押す。同時に地面に顔を伏せていた。

次の瞬間、爆発が辺りの空気を揺るがした……。

「作戦は大成功でした」

と、ルイ・ボナールは言った。

「あのとき救出されたメンバーが、もしいなかったら、レジスタンスの運動に大きな影響があったでしょう」

「なるほど」

と、クロロックは肯いて、

「しかし、あなたにとっては、そのとき子供たちを死なせたことが、忘れがたい傷になっているのですな」

「そうなのです」

ボナールは辛《つら》そうに、

「結局、二十人近い子供たちが死んだ。ですが、その事実はレジスタンスの輝かしい活動の中で、ほとんど語られることはなかったのです」

「ルイ……」

久仁子は夫のそばへ寄って、

「あなたのせいじゃないわ。運が悪かったのよ」

「分かってる。しかし、死んだ子供たちや、その親に、『運が悪かっただけです』と言えるかな？」

ボナールの問いに、久仁子は答えられないようだった。

少しして、クロロックが口を開いた。

「ボナールさん。今のお話が、今日の事故と何かつながりがあるとおっしゃるのですかな？」

「クロロックさん」

ボナールは顔をひきしめて、

「笑われるかもしれないが……。あのとき、私を見えない手が押したのです。あれは、私の手で殺した子供たちの霊だった。そう思えてならないのです……」

と言った……。

証人

帰りの車を断って、クロロックとエリカはホテルのロビーラウンジに入った。

「どう思った？」

と、クロロックがコーヒーを飲んで訊《き》く。

「どう、って何のことを？」

「話の中身は事実として、なぜ今、我々に話したのか」

「分からないけど……。胸にしまっておくのが辛《つら》かったんじゃない？」

「それだけかな？　どうも、何か狙いがあるように思えてならん」

エリカが紅茶を飲んでいると、

「――失礼ですが」

と、日本語で話しかけてきたのは、二十七、八の若い女性。

しかし見たところ外国人である。

「今、ルイ・ボナールさんのお部屋へ行ってらしたんですね」

「あんたは？」

と、クロロックが訊くと、

「失礼しました。私、フリージャーナリストで、レミ・白井《しらい》といいます」

と、名刺をくれて、

「母はフランス人、父は日本人です」

いかにも活動的な女性という印象である。

レミ・白井はテーブルに加わると、

「ボナールさんのお話は何でした？」

と、訊いた。

「個人的な相談ごとでな。教えることはできない」

「私はジャーナリストですが、これは個人的な理由でお訊きするのです」

「というと？」

「私の母は、もう亡くなりましたが、その父親はジャン・ロジェ。私はジャン・ロジェの孫です」

「ジャン……。もしかして——」

と、エリカが呟《つぶや》く。

「お聞きになったんでしょう? ボナールさんがドイツ軍宿舎を爆破したとき、一緒にいたのが祖父なのです」

「なるほど」

クロロックは肯《うなず》いて、

「しかし、やはり話の内容をあんたに打ち明けるわけにはいかん。これはボナール氏との信頼関係に関わることだからな」

「分かります」

と、レミ・白井は言った。

「でも、話すことはできなくても、聞いて下さることはできるでしょう。私の話を聞いて下さい。きっと、ボナールさんのお話と全く同じだと思います」

「話してみなさい」

レミ・白井は、あのボナールの語った作戦について、語り始めた。

エリカは注意深く聞いていたが、確かに、その中身は、ボナールの話と変わるところがないようだった。

「――それで、あんたは我々に何を言いたいのかな？」

と、クロロックが訊く。

「その後のことです。たぶんボナールさんは、その後のことを何も言わなかったでしょう」

「その後というと？」

「一緒に爆破に加わった二人。ボナールさんと、私の祖父。――でも、その後、二人の運命は大きく分かれました」

と、レミは言った。

「一人は政界に入って、外務大臣にまでなりました。でも、もう一人――私の祖父は……」

と、言葉が途切れる。

「どうしたんですか？」

と、エリカは訊いた。

レミは深く息をついてから、

「祖父は——自殺したんです」

エリカは息を呑んだ。

「どうしてですか?」

「祖父は戦後、疑いをかけられたのです。ドイツ軍への協力者だったのではないかと」

「つまり——スパイということ?」

「ええ。あの日、フランスの小学生たちがコーラスを歌っていたのは、爆破を妨害するためだったという噂が、戦後になって流れたのです」

「それをジャン・ロジェ氏のせいだというのだな」

「祖父はそんな人ではありません」

と言い切ってから、レミは首を振って、

「すみません。もちろん、私は祖父を知らないのですが、母がいつも話してくれていたので、まるで直接知っていたような気がして……」

「直接会うことも、まんざらあり得なくはないぞ」

「クロロックさん……」

「それはともかく、話の中で、ジャン・ロジェ氏は一旦パリで捕まり、逃げたと言っていたな」

「そうです。その話を怪しまれたんです」

「逃げたのでなく、同志を裏切って釈放されたと思われたのだな」

「その通りです」

「確かに、あの話の中で、その点が気にはなったな」

と、クロロックは肯いて、

「しかし、もしドイツ軍に寝返ったのなら、もう少しうまい嘘をつきそうなものだ」

「私もそう思います」

と、レミが嬉しそうに言った。

「それで？」

「クロロックさん。私、これからある人に会いに行きます。それに同行していただきたいのです」

「ある人とは？」

「ドイツ人で、ヨハン・リヒターという人です」

「ほう」

「その人は今、八十歳で、あの日、爆破された宿舎にいた兵士の一人なのです」

と、レミは言った。

お世辞にも、立派とは言いかねるアパートだった。

「この二階の部屋です」

と、レミは言った。

「戦後、ドイツの日系企業で働いていて、日本人の女性と結婚し、日本へ移り住んだということです」

夜も大分遅くなって、アパートの中は静かだった。

「――ここだわ」

手書きで〈リヒター〉という表札が出ている。

「奥さんが亡くなって、今はお一人だそうです。何時でも構わないと――」

「待て」

クロロックが眉をひそめた。

「お父さん――」

「血の匂いがする」

「血？」

レミが目を見開く。

「離れていなさい」

クロロックが、そのドアのノブをつかんで力を込めると、簡単にロックが外れた。

ドアを開けると、クロロックはエリカの腕をつかんで、

「伏せろ！」

と、素早く頭を下げた。

暗い室内から銃声がして、クロロックの頭上を弾丸がかすめた。

「アッ」

と、叫び声が上がって、レミが肩に弾丸を受けてよろけた。

「レミさん！」

エリカが急いで支える。

正面の窓に一瞬人影が浮かび、すぐにその外へ消えた。

クロロックは部屋に上がって明かりをつけた。

白髪の老人がガウン姿で倒れている。――クロロックは駆け寄ったが、

「もう息がない。銃弾が心臓を貫いている」

「リヒターさん……」

と、肩を押さえて、レミが呻《うめ》くように言った。

「しかし、わざわざこの男を殺したということは、何か話されては困ることがあったということだな」

と、クロロックは言った。

「ともかく、あんたの傷を――。エリカ、病院が少し手前にあったな。連れていってくれ」

「うん」

「私は警察へ連絡しなくてはならん」

「分かった」

エリカは、レミの腕を取って、急いで病院へ向かった。

クロロックは、部屋の中を見回したが、ふと振り向いて、

「誰かいるのか？」

と、声をかけた。

開会式

ホテルの大宴会場は、華やかな盛装の人々で埋め尽くされていた。

「凄い！」

と、興奮しているのは、橋口《はしぐち》みどり。

「フランス人と話して、通じるかどうか、ためしてみよう」

と、真面目《まじめ》なのは大月千代子《おおつきちよこ》。

どっちもエリカの親友だ。

クロロックがルイ・ボナールを助けたというので、クロロック、エリカの親子が招待され、みどりと千代子はその「付き添い」ということである。

エリカたちも一応、お洒落をして来ていた。

会場の正面、壇上には、〈大フランス展〉の文字。

会場には、耳になじんだシャンソンのメロディが流れている。

「――まあ、クロロックさん」

と、やってきたのはボナールの夫人、久仁子《くにこ》である。

シックな黒のドレス。

「お美しい」

と、クロロックは久仁子の手の甲に唇を触れた。

さすがに、こういう仕草がさまになるクロロックだ。

「主人が無事に開会式に出席できるのも、あなたのおかげです」

と、久仁子は言った。

「いやいや。少しでもお役に立てて嬉しい限りです」

「初めに主人が挨拶《あいさつ》をします。私が通訳しなくてはなりませんので……。後ほど改めて」

久仁子は、他にも大勢の客に挨拶をくり返しながら、ボナールのいる方へと人ごみの中へ消えていった。

「――どう？」

と、エリカは父へ訊《き》いた。

「うむ。硝煙の匂いがかすかに残っておる」

「そう。じゃ、やっぱり……」

「まあ、焦《あせ》ることはない。宴《うたげ》はこれからだ」

みどりは、会場に用意された料理の方に目が行って、

「朝昼抜いてきて正解だった！」

と、張り切っている。

「何しに来てるのよ」

と、千代子は呆れ顔だ。

「――エリカさん」

と、左腕を肩から吊ったレミがやってきた。

「レミさん。大丈夫なんですか？」

「ええ。――こんなときに入院なんかしていられないわ」

どうやら勝手に退院してきたらしい。

「ちょうど始まるわ」

と、エリカは言った。

会場に司会者の声が流れ、〈大フランス展〉の開会式がスタートした。

ルイ・ボナールが初めに登壇し、スピーチをした。

八十代とは思えない、張りのある声で、意味は分からなくても、美しいフランス語だった。

夫人の久仁子がそれを通訳し、盛んな拍手を受ける。

そして、日本側の主賓が乾杯の発声をした。

何人もが長い祝辞を述べて客をうんざりさせることもなく、スピーチは短くスッキリと終わった。

——エリカたちも、しばらくはビュッフェスタイルの料理を皿に取って味わっていた。

三十分ほどして、ボナールがやってきて、クロロックと固く握手を交わした。

「やっと一通りの挨拶から解放されましたよ」

と、ボナールが言った（むろん、久仁子が通訳してくれたのである）。

「立派なご挨拶でした」

「恐れ入ります」

「ご紹介したい人がいましてな」

と、クロロックがレミを手招きした。

ボナールは、レミがジャン・ロジェの孫と聞くと、

「知らなかった！　そうだったのか」

と、レミの右手を握った。

「何度かお目にかかろうとしたのですが」

「私の所まで、話が届かなかったのだろう。いや、嬉しい。ぜひ、後でゆっくり話がしたい」

ボナールは、どうやら心から喜んでいるように見えた。

「ジャンは気の毒なことをした」

と、ボナールは言って、首を振ると、

「ジャンが裏切り者だなど、とんでもない！　一緒に戦った人間が一番よく知っているよ」

「そうおっしゃっていただくと……」

と、レミは声を詰まらせた。

そのとき、

「これはボナールさん」

と、近づいてきた老紳士がいた。

「お久しぶりだ」

「どなたかな？」

と、ボナールはその老人を見て、

「いや、お互い年をとると、外見も変わってしまいますからな」

「それは確かに」

と、老人は肯《うなず》いて、

「私はヨハン・リヒターです。あの宿舎にフランスの子供たちの合唱を呼んだのは、私でした」

「何ですと？」

「私は、フランス語ができたので、地元のフランス人との交渉係でした」

と、ヨハン・リヒターは言った。

「そして、あの日、子供たちのコーラスを、という話を持ってきたのは、フランス人でした。その人はルイ・ボナールと名のった」

「まさか！」

と、久仁子が言った。

「もし、私がそんなことを話しに行ったとしても、私はレジスタンスの幹部だった。本当の名前を名のるわけがない」

と、ボナールは言って、

「確かに私だったとおっしゃるのか？」

「さて……。六十年以上も前のことだ」

と、ヨハンも自信なげである。

そのとき、会場に流れる音楽が変わった。

児童合唱のフランスの歌が流れ始めたのである。

「──これだ」

と、ボナールが息を呑んで、

「あのとき聞こえていた歌は、これだった！」

すると、急に会場内が暗くなった。

客は、何かイベントが始まるのかと、ざわつきながらも、大して心配している風ではない。

「何だか変だ」

と、エリカは言った。

「ホテルの人たちがあわてて る。これは予定外なんだわ」

みどりが、

「暗くて、料理がよく見えない」

と、文句を言っている。

そのとき、壇上に誰かが現れた。

「見て!」

と、エリカは言った。

ステージに、子供たちが並んでいた。

しかし、青白い光に包まれた子供たちは、この世のものではなかった。

「あのコーラスに導かれてやってきたのだ」

と、クロロックは言った。

「お父さん、それじゃボナールさんを突き落としたのも?」

「それはどうかな。あの子たちが、ボナール氏のことを知っていたと思うか?」

「それはそうだね」

「ボナール氏の後を走っていたのは、別の人間だ」

と、クロロックは言った。

「お父さん! 早く!」

と、エリカは言った。

子供たちのコーラスが会場内に響くと、ヨハンの体が青白い光を放ち始め、ヨハンは息ができなくなったように苦しげに喘《あえ》いで、よろけた。

そして、崩れるように倒れると、そのまま消えてしまった。

「――亡霊だったのだ」

と、クロロックは言って、

「代わりに、ボナールさん、あんたに会いたいという霊が一人、来ている」

暗がりの中に、一人の男が現れた。まだ若い、洒落た雰囲気の男だ。

「――ジャン！」

と、ボナールが目を見開いて、

「お前だったのか！」

クロロックが肯いて、

「ジャン・ロジェ氏は自殺したのではなく、ひそかにフランスを脱け出して、日本へやってきていた。そして、年老いて亡くなったのだ」

「――お祖父《じい》さん？」

レミが呆然としている。

「気の毒だが、ジャン・ロジェ氏がドイツ軍に協力していたのは事実だった。しかし、ボナール氏の爆破を止めなかった。仲間を売ることはできなかったのだ」

と、クロロックは言った。

「そのために、ナチから狙われ、辛《つら》い思いをしていただろう」

クロロックはレミを見て、

「あんただけではない。もう一人の孫娘が、そのことを知った」

「もう一人？」

「――そうです」

と、肯いたのは、久仁子だった。

「私はレミとは従姉妹《いとこ》なのです。私は祖父が亡くなるのをみとりました。そしてそのときに本当のことを聞いたんです」

「久仁子……」

と、ボナールが愕然として、

「ジャンの孫だったのか」

「あなた……。すみません」

「ヨハン・リヒターが、ジャンの裏切りについて知っていると言ってきた。ボナール氏を悲しませたくないと、あなたはヨハンを射殺したのだな」

「そうです」

と、久仁子は肯いた。

「しかし、心配いらない。あなたが撃ったとき、あの老人はもう死んでいたのだ」

と、クロロックは言った。

「何ですって？」

「私は、そこでジャンの亡霊と会った。——ジャンを見たショックで、ヨハン・リヒターは死んでしまったのだ」

「まあ……」

「ルイ、すまなかった」

と、ジャンが苦笑して、

「俺は、お前を突き落とすつもりじゃなかったんだ。ただ、お前があんまり元気良く走っているので、びっくりさせてやりたくて……」

「どうせなら、一緒に飛び込めば良かった」

と、ボナールは笑って、

「ゆっくり話したいが……」

「もう時間がない」

ジャンはニヤリと笑って、

「俺の孫を可愛がってやってくれ。——レミも、幸せに……」

ジャンの姿がフッと消えた。

そして会場の明かりがつくと、あの子供たちもいなくなっていた。

「——今のは夢だったのか？」

ボナールが我に返ったように、

「久仁子……」

と、彼女の肩を抱いた。

「死んだ人たちが……。クロロックさんの力ですね」

と、レミが言った。

「何しろ、少し年齢《とし》をとっておるのでな」

と、クロロックは言った。

「さて、フランス料理をいただくか」

——会場の人々は、このドラマに一向に気づかない様子だった。

みどりはせっせと食べながら、

「この串焼き、おいしい」

と、満足げに言って、

「でも、これって、フランス料理？」

と、首をかしげたのだった。

吸血鬼地獄谷を行く

V I P

秋、爽《さわ》やかな行楽シーズン。

爽やかはいいが、問題は誰もがそう思って出かけてくると、当然、人口が多くて国土の狭い日本では、どこでも大混雑になる、ということだった……。

「地獄もこんなに混雑してるんだ」

と、大月千代子《おおつきちよこ》が言った。

「日本人は、きっと天国でも地獄でも、入り口で行列するね」

と、神代《かみしろ》エリカは言った。

「それにしても硫黄《いおう》の匂い、凄いね」

と、橋口《はしぐち》みどりが顔をしかめた。

——ロープウェイに乗るのを待っているエリカたちの所にも、地中から噴き上げる硫黄の匂いが漂ってくる。

「もう三十分以上待ってるね」

と、エリカは腕時計を見た。

「まだましな方じゃない？　平日だもの、今日」

と、千代子は階段の前後を見て、

「大分進んだよ。次の次ぐらいには乗れるんじゃない？」

「虎《とら》ちゃんが来なくて良かった。苛々《いらいら》して人にかみつきでもしたら……」

「かみつくのは血筋だ」

と言ったのは、いつもながらの黒いマント姿のフォン・クロロックである。

晩秋の季節で、クロロックはホッとしている。何しろ、「正統派吸血鬼」としては、いくら夏が暑いからといって、ランニングシャツとステテコでいるわけにはいかない。

この黒マントがちょうどいい気候が、今ごろなのである。

「でも、虎ちゃんが風邪《かぜ》ひいてるからって来なかったのに、何もロープウェイに乗らなくても……」

エリカは少々不満だったが、ここまで並んだら、乗らずに帰るのもしゃくだ。

硫黄が谷の方々に噴き出し、草も木も生えない景観が〈地獄谷《じごくだに》〉と呼ばれている。

そこを渡るロープウェイは、かなりの人気で、乗り場へ上る階段にずっと行列ができている。

千代子の目算は大体合っていたが、二台目では、エリカたちのすぐ前で止められ、

「さあ、次だ」

と、みどりが張り切っている。

「向こうに食堂あるかな」

「みどり、さっきお昼、食べたじゃない」

と、千代子が呆れている。

「あれは昼食。今度はお昼ご飯」

「どこが違うのよ」

「そりゃあ……微妙に違うのよ」

みどりが「意味不明」の説明をしていると、次のゴンドラがやってきた。

向こう側から乗ってきた客が、反対側の扉から降りる。

「一番前に乗ろう」

と、みどりが子供みたいに張り切っている。

そのときだった。

「待て！　——待った！」

と、階段の下の方からバタバタと駆け上がってくる足音がして、背広姿の男性が息を弾ませ、

「それは貸し切りだ！　誰も乗るな！」

と言った。

「乗るなら並んでよ」

と、みどりが言うと、周囲の他の客も、

「そうだ！」

「割り込むな！」

と、口々に言った。

「うるさい！」

と、まだ二十代だと思える、その若い男は怒鳴り返して、

「SPだ！　VIPの警護に当たっている。これは公用だ」

と、客たちをにらみつけた。

クロロックは穏やかに、

「どなたがみえるのかな？」

と訊《き》いた。

「答える必要はない。これは極秘任務だ」

と、SPと名のった男は、胸を張った。

階段を、数人の男女が上ってきた。

「ああ、ドイツの何とかいう……」

と、エリカが、中年のスーツ姿の外国人女性を見て言った。

「文化大臣だわ。リザ・ラドヴァニよ、確か」

と、千代子が言った。

四十代の半ばか、髪が銀髪なので、白くなっているように見えて老けた感じである。

やや小太りだが、エネルギッシュな「おばさん」という感じ。

その女性大臣を囲むように、黒っぽい背広のSPらしい男があと二人。それに、大臣の通訳らしい若い日本人女性が一緒にいた。

「我々がこのゴンドラを使う」

と、あの若いSPが係員に言った。

係員が扉を開けると、その一行が乗り込んで、

「出せ」

と、SPが命じた。

「たった六人?」

と、みどりがムッとした様子で言った。

「まだ大勢乗れるじゃないの」

ゴンドラはかなり大きな箱型で、二十人以上は楽に乗れる。

「警備上、他の人間を乗せるわけにはいかん」

と、若いSPははねつけて、

「早く扉を閉めて、出発させろ!」

そのとき、大臣の女性が何か通訳に言った。

「――ヤァ。待って下さい、野崎《のざき》さん」

と、通訳があの若いＳＰに声をかけた。

「何です？」

「大臣が、他のお客も乗せてほしいとおっしゃっています。並んでいる方々には権利がある、と」

「だめです。大臣の身に万一のことがあったらどうするんです？」

「でも、大臣は――」

「言って下さい、安全に関しては我々に従っていただきたい、と」

そこへ、クロロックが、

「まあ待ちなさい」

と、声をかけた。

「何だね、あんたは？」

「外国からみえた要人なら、色々と後のスケジュールもあって、列に並んでいられないのは分かる。しかし、ご当人がああおっしゃっているのだから、他の客も乗せてあげてはどうかな？」

「素人《しろうと》が余計な口を出すな！」

と、野崎というＳＰは怒鳴った。

「不審人物として逮捕するぞ！」

だが、その野崎を押しやるようにして、大臣が扉の所へ来ると、

「ヨーロッパの方？」

と、ドイツ語で訊いた。

「ヤァ、マダム」

と、クロロックは一礼して、

「こういう旅は、人数が多い方が楽しいものです」

と、ドイツ語で言った。

「同感です」

と、大臣は肯《うなず》いて、通訳の女性の方へ、

「ユキ。ＳＰの方たちに言って。私は政治家です。身の危険はいつも覚悟していま
す、と」

それを通訳されると、ＳＰたちは顔を見合わせた。

「しかし、もしものことが──」

と、野崎が言いかけると、

「野崎、待て」

と、年長のSPが止めて、

「ここへ来たのは予定外だ。心配ないだろう」

「しかし、大谷《おおたに》さん。一度こんなことを認めてしまうと……」

「ほんの数分だ。大丈夫さ。──さあ、乗って下さい。ただ、あまりギュウギュウには乗せられないので……」

クロロックたちを始め、十五、六人が乗って、やっと扉が閉まり、ゴンドラは動き出した。

「──職務に熱心なのはいいのですが、誰とも口がききけません」

と、大臣はクロロックにドイツ語で言った。

「日本では、何かあると、すぐに『誰が責任を取るのか』という話になります。彼らは何かある前に、その心配をしているのです」

クロロックの言葉に笑って、

「ドイツでもお役人は全く同じです」

と言って、手を差し出した。

「リザ・ラドヴァニです」

「フォン・クロロックと申します」

と、クロロックが相手の手を取る。

「おっと――」

ゴンドラがひと揺れして、遥かな高さの空間へと滑るように出ていった。

狙　撃

「雄大だね！」

と、みどりが空から眼下に広がる荒涼とした世界を見下ろして声を上げた。

深く、広い谷は、方々から硫黄《いおう》を含んだ蒸気を上げて、正に〈地獄谷《じごくだに》〉の名にふさわしい。

岩肌も、石ころだらけの大地も、硫黄の色に黄色く染まっている。その匂いが、風の向きによって、ゴンドラの中にも流れ込んできた。

「火山ならではですね」

と、リザ・ラドヴァニが言った。

クロロックがドイツ語を話すと分かって、すっかり打ち解けてしまった。

「ゆうべ、東京のホテルで地震にあいました」

と、リザは楽しげに、

「これでみやげ話が一つできましたわ」

「お子さんに？」

「孫にです。――私、四十六ですけど、もう孫が二人おりますの」

「それはお楽しみですな」

「クロロックさんは？」

「年齢《とし》は大分いっていますが、まだあのエリカが娘で……」

リザがクロロックと話し込んでいるので、通訳の「ユキ」は用事がない。

右へ左へ、ゴンドラの中を行き来している観光客の間を抜けて、仏頂面をしている若いＳＰのそばへ行った。

「景色を見ないの？」

「僕はＳＰだ」

と、野崎《のざき》は腕組みをして、

「目はいつも守る相手に向いてなきゃいけない」

「そんな……。ＳＰだって人間でしょ」

と、三条有紀《さんじようゆき》はため息をついた。

「ちょっと目を離した隙に、大臣が刺されでもしたら……」

「心配なのは分かるけど、そう張りつめていたら、もたないわよ」

有紀は窓から下を覗いて、

「私、ここ初めてなの！　――凄いわね、本当に」

「君は見物してればいいさ」

「――何を怒ってるの？」

と、有紀は小声になって、

「そんなに苛々《いらいら》しなくたって……」

――エリカは、その二人の会話を聞いていた。

正統な吸血族、クロロックと日本人女性の間に生まれたエリカは、並の人間よりずっと鋭い聴覚を持っている。

ふーん。あの二人、付き合ってるのか。

あの話し方は、ただの「SPと通訳」ではない。

「――まだ着かないのか」

と、野崎が腕時計を見る。

「このロープウェイは長いのよ。十五分くらいかかるわ。今やっと半分くらいじゃない？」

「もっとスピードを上げられないのか！」

「無茶言わないで」

と、有紀は笑ってしまった。

――ゴンドラは、谷間の一番深い辺りへ差しかかっていた。

ゴンドラから谷底までは百メートル以上あるだろう。

「目が回る！」

と、みどりが声を上げた。

そのときだった。

「静かに！」

と、クロロックの鋭い声が響いた。

みんなが面食らってキョロキョロしている。

「お父さん――」

と、エリカもそれを聞いた。

「銃声だ。――みんな身をかがめて！」

谷間に、銃声が反響した。

「どこだ！」

と、野崎が窓にはりついて外を見る。

「危ないぞ！」

と、クロロックが怒鳴った。

「体を低く――」

次の瞬間、窓が割れて、野崎は肩を撃たれて倒れた。ゴンドラが大きく揺れる。

床にしゃがみ込んだ人々が悲鳴を上げた。

「野崎さん！」

有紀が駆け寄って、

「しっかりして！」

と、抱き起こした。

「畜生……。どこだ、犯人は！」

肩を押さえて、野崎が呻《うめ》くように言った。

「血が出てるわ。傷をふさがないと」

「大丈夫だよ。これぐらい。いてて……」

「じっとして！」

「かなり遠くから撃っているな」

と、年長のＳＰ、大谷《おおたに》が言った。

「大谷さん」

と、もう一人のＳＰはリザのそばについて、かばいながら、

「ゴンドラが停まっていますよ」

「そうか。気が付かなかった」

「連絡を」

「うん。ケータイがつながらない！　倉本《くらもと》、お前のは？」

「僕のもだめです」

ゴンドラは、停止したまま、ゆっくりと風にあおられるように揺れていた。

「――いや、ありがとうございました」

と、大谷がクロロックの方へ、

「あなたがおっしゃって下さらなかったら、他にもけが人が。特に、大臣には……」

「誰がこんなことを！」

と、もう一人のSP、倉本が腹立たしげに言った。

「しかし、妙だの」

と、クロロックが言った。

「このロープウェイに乗るのは、大臣のスケジュールになかったとか？」

「その通りです」

と、大谷が肯《うなず》く。

「しかし、この狙撃は、どう見ても高性能ライフルでの長距離からのもの。そんな計画が短期間で立てられるかな？」

「そこはふしぎです。しかし、現実にこういう事態が起こっているのですから」

銃声はその間も地獄谷の中に反響して、こだまのように飛び交った。

「下手くそめ！　一発も当たらねえぞ」

と、野崎が悪態をつく。

「それに当たったお前は、よっぽどおめでたい」

と、大谷が言ったので、ゴンドラの中で身をかがめていた人たちが笑った。

「——いや、どうやら、狙いはこのゴンドラそのものではない」

と、クロロックが耳を澄まして、

「聞こえるか、エリカ」

「うん。——金属に当たってるね」

「このゴンドラを吊り下げている支柱の、ワイヤーを車輪がかんでいる辺りを狙っていて、かなり正確に当たっている」

と、クロロックは言った。

「どういうことです？」

と、有紀が訊《き》く。

「ワイヤーをかんでいる車輪が外れれば、このゴンドラは谷底まで一直線。向こうの狙いはそこだ」

一瞬、ゴンドラの中が静まり返った。

「——どうしたら？」

と、倉本が言う。

「さてな……」

クロロックも、遥か遠方から飛んでくる弾丸は止められない。

「お父さん……」

と、エリカは言った。

「もしワイヤーが急に切れたら？」

「ワイヤーか？　あれは丈夫だし、狙うのは大変だ」

「うん。だから、もし切れたら、ゴンドラは真っ逆様？」

「いや……。この表示を見ると〈ブレーキ〉がかかっているが」

床に這《は》っていた乗務員が起き上がって、計器を見ると、

「ああ、緊急ブレーキです。何があっても車輪はワイヤーをしっかり挟み込んでいます」

「なるほど」

そのとき、ガクッとゴンドラが揺れて、一斉に悲鳴が上がる。

「落ちついて！」

大谷は窓の一つを押し下げて、顔を外へ出し、上を見た。

「――いかん。外れかかっている。車輪はしっかりしているが、このままでは……」

クロロックがエリカを見て、

「やるか？」

「いいけど……どうやって？」

何しろ、遥か空中にぶら下がっているゴンドラである。エリカにも、どうしたものか考えつかない。

「もしワイヤーが切れたらどうなる？」

と、クロロックが乗務員に訊いた。

「ワイヤーが切れたら……。そりゃ、地上へ――。いや、たぶん、ワイヤーの先にぶら下がってはいるでしょうが……」

「次の鉄塔まではどれくらいある？」

「たぶん……百メートルくらいでしょう」

「ワイヤーは、鉄塔から垂れ下がる。このゴンドラがその先にしがみついている、ということか。――しかし、地上までがそれより短ければ、やはりゴンドラは地面に衝突するな」

「賭けだね」

と、エリカは言って、

「でも、ワイヤーを切れる？」

「やってみなければ分からんが……」

その間も、銃弾はゴンドラの外に命中して音をたてている。

「ロープか何かあれば、下りられるのに」

と、SPの倉本が言った。

「百メートルものロープを積めるか」

と、大谷が首を振って、

「大臣をお守りできず、申しわけない」

リザが床に伏せたまま、何か言った。

有紀が通訳して、

「自分のせいで、皆さんを巻き添えにして、お詫びします、とのことです。自分はいつでも覚悟ができているが、と……」

「あなたが悪いわけじゃありませんよ」

と、一人の乗客が言った。

「そうですよ」

乗客たちは、冷静さを失っていない。

「やるだけやってみよう。――銃を貸してくれるかな」

と、クロロックが言った。

「どうするんです？」

「金具がやられてゴンドラが落ちる前に、ワイヤーを切る」

「そんなことが――」

「できれば、まだ助かる見込みがある」

「はあ……」

大谷が拳銃を渡すと、クロロックは窓から素早く出て、ゴンドラの屋根に上った。

「――軽業師《かるわざし》か何か？」

と、有紀が目を丸くしている。

「似たようなもんです」

と、エリカは言った。

たて続けに銃声がした。

エリカには、クロロックが自分のエネルギーでワイヤーを切るのだと分かっている。拳銃の弾丸くらいでワイヤーは切れないだろう。

「みんな、しっかりつかまっておれ！」

と、クロロックの声がした。

「どこかにつかまって！」

エリカは叫んだ。

「野崎さん！」

有紀が片手でポールをつかみ、野崎を抱きしめる。

「僕に構うな！　君まで死ぬぞ」

「しっかりつかまって！」

エリカは鉄の焼ける匂いをかいだ。

クロロックのエネルギーがワイヤーを溶かしている。

ガシッ、バシッというムチの鳴るような音がした。

「行くぞ！」

と、クロロックが叫んだ。

次の瞬間、ワイヤーが切れた。

ゴンドラは切れたワイヤーの端の方にしがみつくようにして、鉄塔に向かって大きく振れた。

ゴンドラが地面にぶつからなくても、鉄塔か土台にぶつかれば同じことだ。

ゴンドラが振り回され、誰の声か分からない悲鳴が上がった。

有紀の片手の力では、野崎の体をつかまえてはおけなかった。野崎が投げ出される。

エリカは一方の手で野崎の上着をぐいとつかんだ。

ゴンドラが一瞬、フワッと浮遊するような状態になった。

そして――ゴンドラは止まった。

「やれやれ……」

さすがにクロロックがくたびれた様子で、

「何とか止まった」

「地面は？」

「すぐ下だ」

斜めに吊り下げられているゴンドラから顔を出すと、ほんの二メートルほど下に地面があった。

「助かった！」

と、エリカは息をついた。

奇　跡

「全く、これは奇跡としか言いようがありません！」

ＴＶに出ているリポーターは、ワイヤーからぶら下がった格好のゴンドラをバックにして、興奮の面持ち。

一緒に乗り合わせた客の二、三人もインタビューに答えていたが、

「何だか、怖くて目をつぶっていたので、よく分からなくて……」

「夢中でポールにしがみついているうちに、ゴンドラが止まって……。どうなったのか分かりません」

たぶん、何が起こったか、誰にも分かるまい。

「──よく食べるわね」

と、クロロックの妻、涼子《りようこ》が呆れ顔。

「お前の手料理が旨《うま》いからだ」

「あら、本当?」

涼子がニコニコして夫の方へ近寄る。二人がチュッとキスすると、

「ワァ!」

と、虎《とら》ちゃんが声を上げる。

エリカは、その間にこっそりと料理に塩をかけた。

しかし、クロロックが大量に食べているのは当然で、あのゴンドラが鉄塔に激突するのを防ぐのに、膨大なエネルギーを必要としたのである。

「あの大臣だ」

と、エリカはTVを見て、

「何て言ったっけ? リザ何とか……」

ドイツの文化大臣は「幸運を神に感謝します」と語っていた。

それにしても、誰がゴンドラを狙撃したのか。

まず乗客の救出というので、ヘリコプターがやって来たのが三十分後、狙撃犯は悠々と逃げられただろう。

負傷したＳＰの野崎《のざき》の他、三人が軽いけがをしていたが、その結果は正に「奇跡」だったろう。

けれども「予定外」の行動だった、あの大臣のゴンドラを、どうやって狙うことができたのか。

ま、私たちには関係ないけど……。

エリカは食事しながら、そう思っていたのだが……。

玄関のチャイムが鳴ったとき、涼子はクロロックに、

「はい、アーンして」

などと、自分のおかずを食べさせたりしていたので、エリカが席を立った。

――ドアを開けると、

「どうも今日はありがとうございました」

と、あの通訳の三条有紀《さんじょうゆき》が立っていた。

リムジンが夜の町を走る。

「あのけがをした若者はどんな具合かね」

と、クロロックが訊《き》いた。

「はい。二、三カ月はかかるようですが、ちゃんと腕も元の通り動かせると……」

「それは良かった」

「はい。――お分かりでしょうけど、私、あの人とお付き合いしていて」

と、三条有紀は少し照れながら、

「あんな具合で、本当に堅物なんです。でも、任務には忠実で」

「それはよく分かる」

エリカも一緒だった。

あのリザ・ラドヴァニが、「ぜひあのお二人とお話ししたい」と招いてくれたのである。

「どこへ行くんですか？」

と、エリカは訊いた。

「ドイツの人がよく集まるクラブがあるんです。もうお食事はお済みですか」

「まだ入るがな」

「ではぜひ」

エリカはお腹《なか》一杯だった！

車が、古い洋館の門の中へと入っていく。

会員制のクラブらしい。

「フォン・クロロックさん」

リザ・ラドヴァニ当人が、入り口で出迎えた。

「命の恩人ですわ、あなたは」

「日ごろの行いが良かっただけです」

と、クロロックが言って、リザは笑った。

——二人の会話はドイツ語である。

エリカも父親から受け継いだ血のおかげか、ドイツ語を聞いて理解することは、大体できる。

後は有紀が適当に訳してくれた。

クラブの奥の個室で、クロロックとエリカ、リザと有紀の四人が食事をとった。

「ところで」

と、クロロックは白ワインを口にしてから言った。

「私どもにどういうご用ですか？」

「もちろん、今日のお礼と――」

「しかし、それだけではなさそうだ」

クロロックの言葉に、リザは笑って、

「あなたは本当にふしぎな方ね。人の心までお分かりに？」

「あまりに不自然なことが多すぎるからです。あの狙撃は、明らかに時間をかけて準備されたもの。――あなたは、あの〈地獄谷《じごくだに》〉へ、初めから行くつもりにしていたのでしょう」

「おっしゃる通りです」

と、リザは肯《うなず》いた。

「何か特別な理由が？」

リザは、ゆっくりワインを飲むと、

「私は、若いころ日本に一年ほどいたことがあるのです」

と言った。

「大学生で、一年間日本に留学したのです。そのとき、一人の日本人学生と恋に落ちました……」

リザの口もとに、笑みが浮かんだ。

「でも彼とは結婚できませんでした。彼は古い旅館の息子で、大学を出たら、そこを継がなくてはならない。私にも、したいことが沢山ありました」

「分かります」

「別れなければならない日が近づいて、ある週末、私たちは二人で泊まりがけの旅を……。そのときの思い出の場所が、あの〈地獄谷〉でした」

「なるほど」

「あのロープウェイに乗り、あの先で降りて、温泉旅館に一泊しました。――忘れられない思い出です」

「それであの場所へ」

「ええ。ですが――あの旅のことを知っているのは、私と彼だけです。私があそこへ立ち寄ると分かっていたのも……」

クロロックは、リザの不安げな表情に、

「その後、彼の消息は？」

と訊いた。

「ずっと忙しさに紛れていました。こうして大臣になり、日本を訪れることになって、初めて私は彼のことを調べてもらったのですが……」

「それで?」

「何も分かりませんでした」

と、首を振り、

「彼が継いだ旅館は、すでに十年以上前に火事で焼け、今は全く別のホテルになっています。そして、彼の行方もそれ以来知れないのです」

「そうすると——」

「もちろん、あそこであのゴンドラが狙《ねら》われたのは偶然かもしれません。でも、もし私を狙ってのことだとしたら……」

「いや、おそらく狙いはあなたでしょう」

「そうでしょうか」

「その点が気にかかる、と?」

リザは少したためらって、

「実は……昨日、これが届いたのです」

と、バッグから封筒を取り出すと、

「読んで下さい」

クロロックが中の手紙を開く。

「かなりでたらめなドイツ語だ。『あなたが懐かしい。ぜひ会いたいので、あの〈地獄谷〉のロープウェイで、明日S駅へ来て下さい。悟士《さとし》』か……。この〈悟士〉が彼氏ですな」

「松尾《まつお》悟士。――その字には見憶えがあります」

「それであそこへ行かれたのですな」

「ええ」

と肯いたリザの表情は重苦しかった。

「もし、これが私を狙うためのものだったら――。彼もその一味だったということでしょう」

「それはどうですかな」

と、クロロックは言った。

「でも、確かに彼の名が——」

「どんな事情があるか分からないものです」

クロロックは有紀の方を見て、

「明日も、大臣の予定は一杯だろうな」

「はい。朝九時の朝食から、文化庁長官との夕食まで、十五分刻みです」

と、有紀は肯いた。

「もし急病になったら？」

「は？」

「万一、大臣が急病で入院されたら？」

「それほどお具合が悪ければ……。当然、予定はキャンセルに」

「つまり、キャンセルして、世界の運命に係《かか》わるような予定はないのだね」

「世界の運命、とおっしゃられれば……」

「では明日、大臣は急病だ」

と、クロロックは微笑《ほほえ》んで、

「お任せ下さい。私は病院関係者に催眠術をかけ、『今日一日は絶対安静、面会謝絶で、明日からは元気一杯』という発表をさせましょう」

「でも……」

と、ためらうリザへ、

「一生悔やむようなことは、してはいけません」

と、クロロックが言った。

有紀も笑って、

「本当だわ。——世界の運命に影響ないんですもの」

そう言われると、リザもホッとしたように笑顔になった……。

再　会

ヘリコプターは〈地獄谷《じごくだに》〉の上を飛んでいた。

硫黄《いおう》の色に染まった岩肌を見下ろして、

「よく助かったわ」

と、有紀《ゆき》がゾッとしている様子。

「あんなことがあると、もう何も怖くありませんね」

と、リザが言った。

むろん、ロープウェイは停まっていて、あのゴンドラはワイヤーにぶら下がったままになっている。

「S駅というのは、このロープウェイの途中駅ね」

と、エリカは言った。

「確か、何もない荒れ地の中の駅よ」

と、有紀は首をかしげて、

「どうしてあんな所に駅があるのかしら」

「中継点なのだろう。ロープウェイに長く乗っていられない人もいる」

と、クロロックが言った。

「君の彼氏のようにな」

「野崎《のざき》さんのことですか？」

「あれは、高所恐怖症だ。だから絶対に窓から下を見ようとしなかった」

「ああ！　──それで分かったわ」

と、有紀は苦笑して、

「強がり言って！　素直じゃないんだから」

「もうじきS駅が見えます」

ヘリコプターを操縦しているのは、SPの大谷《おおたに》だった。

本当なら、大臣の予定を変えさせるなど、とんでもないことだが、リザの頼みを聞くと、

「分かりました。その代わり、私はご一緒します」

と言ってくれた。

「S駅の近くに降りられるかね」

と、クロロックが訊《き》く。

「特に風がありませんし、大丈夫ですよ」

と、大谷は肯《うなず》いた。

「ただ、あそこは狙撃されたら隠れる所がありません」

「まあ、行ってみよう。運命が味方してくれるさ」

ヘリコプターは高い峰を越えて、少しなだらかな斜面へと高度を下げていった。

確かに、周囲に何もないロープウェイの駅が見えてくる。

ヘリコプターは、駅舎の近くに降下して、ゆっくりと着陸した。

「私が先に降ります」

と、大谷はエンジンを切って言った。

ヘリを降り、大谷は周囲を見回していたが、やがて手を振り、

「大丈夫のようです」

　クロロック、リザ、有紀、エリカの四人が地面に降り立つ。

「離れないで下さい」

　と、大谷が言った。

「そばにいれば、弾丸が飛んできても、盾になれます」

　そのとき、駅舎の中から、誰かが出てきた。

「まあ、こんな所にも駅員さんがいるの！」

　と、有紀が目を丸くする。

　制服姿の駅員は、駆けてくると、

「何ごとです！」

　と言った。

「まあ……」

　リザが目をみはる。

「悟士《さとし》？」

　その駅員は青ざめて、ドイツ語で言った。

「リザ……。どうしてここへ来たんだ！」

「あなたの手紙が——」

「しかし、昨日、あんな危ない目に遭ったのに！」

「悟士。——あれは私を狙わせるためだったの？」

「許してくれ！」

と、松尾《まつお》悟士は苦しげに言った。

「妻を人質に取られて、書かされたんだ。——妻は入院していて、どうすることもできなかった！」

「それで、わざと間違いだらけのドイツ語で書いたのだな」

と、クロロックが言った。

「そうです。危険を察してくれるかと思い……。リザ、すまない」

「謝ったりしないで」

と、リザは首を振って、

「当然のことよ。私だって、あなたの立場なら、同じことをする」

「リザ。——しかし、ここも危ない。隠れないと。狙われるよ」

と言って、松尾は当惑したように、

「――霧だ」

突然、あたりに濃い霧が立ちこめてきたのである。

「正しい者を、天は守ってくれるのだ」

と、クロロックは言った。

吸血鬼は霧を呼ぶことができるのである。

「ずいぶん元気を取り戻したね」

と、エリカは小声で言った。

「ゆうべ、たっぷり食べたからな」

「――凄い霧だわ」

と、有紀が言った。

「これでは狙撃できまい」

「そうですね」

大谷はそう言うと、拳銃を抜いて、

「しかし、近くからなら、外さない」

と、銃口をリザへ向けた。

「大谷さん！」

有紀が声を上げた。

「こうなったら仕方ない。——ここにいる全員、死んでもらう」

「それは無理だろう」

と、クロロックが首を振って、

「こちらは五人いる。同時には撃てんよ。それに、銃口が下を向いておる」

「何を馬鹿な——」

と言いかけて、大谷は銃口が地面に向いているのに気づき、

「どうなってるんだ！　——上がらない！」

むろん、クロロックのパワーが大谷の手を押さえつけているのだ。

「君の良心が拒んでいるのだな」

「馬鹿な！」

「諦《あきら》めなさい」

クロロックが肯くと、大谷は拳銃を取り落とした。

「こんなことが……」

大谷は力なく座り込んでしまった。

「大谷さん！　野崎さんが撃たれたのよ！」

有紀がカッとなって、大谷の顎《あご》にパンチを食らわすと、大谷は大の字になってのびてしまった。

「おみごと！」

と、エリカが目を丸くする。

「ボクシングやってるの」

と、有紀は手を振って、

「人を殴ったのは初めてだけど……」

「リザ、君は無事に帰ってくれ」

「あなたの奥さんを救わなくては」

「病院へ案内してくれ」

と、クロロックが言った。

「何とかなるだろう」

「クロロックさん。あなたは本当にすてきな方！」

と、リザが言った。

「いや、得手《えて》でないこともある。多少、怖い思いを我慢していただかなくては」

「どうして?」

「ヘリコプターの操縦はやったことがないのでな。ま、見よう見まねで飛ばそう」

「お父さん! 大丈夫?」

ともかく——かなり危なかったが、大谷を手錠で駅舎の中につないでおき、一行はヘリで市内の病院へと向かった……。


「——初めまして」

と、リザはベッドのそばへ寄って言った。

「リザ・ラドヴァニです」

松尾の妻は答えなかった。

「——もうこの状態で三年になる」

と、松尾が言った。

「医者は、もう見込みがないと言うんだが、僕は、いつかきっと意識が戻ると信じているよ」

「あなたの愛情が、いつか通じるわ」

「だといいがね」

――生命維持装置で、松尾の妻は眠り続けている。

廊下で待っているエリカたちは、大谷の仲間が警察へ連れていかれると、ホッとした。

「ショックだわ」

と、有紀がため息をついて、

「SPが暗殺の計画を……」

そこへ、

「有紀！」

と、声がした。

「野崎さん！　どうしたの？」

野崎が包帯姿にコートをはおってやって来たのである。

「どうしたじゃないよ！　大谷さんが一味だったたって？　君は無事か」

「見た通りにね」

「良かった！」

野崎は、ギュッと有紀を抱きしめて、

「いてて！　傷に触った」

「だからやめなさい、って——」

「唇だけなら大丈夫」

と、野崎は有紀にキスした。

「おお、いかん」

と、クロロックが思い出して、

「大谷をＳ駅へつなぎっ放しにしていた」

「あの周辺に潜んでいた一味は全員逮捕したので、ついでに回収しましょう」

「ゴミと間違えてない？」

と、有紀は苦笑した。

「では後はよろしくな」

と、クロロックが野崎の肩を叩いて、

「大臣に、今日一日は好きなことをさせてやりなさい」

「しかし、スケジュールが――」

「スケジュールは人間のためにあるのよ」

と、有紀は言った。

「何なら、帰りはのんびり列車にする？」

野崎がパッと表情を明るくして、

「それは名案だね！」

「いや、我々とヘリで帰ろう。忙しい身なのだし、傷にも良くない」

「いえ……。どうせ入院してるんで」

と、野崎はあわてて言って、

「それに――予定外の行動も、たまには悪くないです」

と、付け加えた。

リザが病室から出てくると、

「お待たせしました。東京へ戻りましょう」

と言った。

「ええ？　帰るんですか？」

野崎と有紀が同時に言った。

リザが面食らっているのを見て、エリカは噴き出しそうになるのを、何とかこらえたのだった……。

吸血鬼、交差点に立つ

危機一髪

今、歩行者用の信号は青になろうとしていた。

昼下がりの都心、デパートが並ぶ人通りの多い交差点である。

特に今日は日曜日。――「歩行者天国」ではないが、歩道は溢《あふ》れんばかりの人、また人。

広いスクランブル交差点は、数秒後には方々から行き交う歩行者で一杯になるだろう。

車が赤信号で停まると、早くも交差点を渡り始める人がいる。

「危ないね」

と、信号が青になるのを待っていた神代《かみしろ》エリカが言った。

「ここで二、三秒急いでも、どうってことないのにね」

と、大月千代子《おおつきちよこ》が肯《うなず》く。

「でも、それで電車一本逃したら、三秒の違いが結局十五分も二十分も差が出ることになるよ」

と、橋口《はしぐち》みどり。

いつもの、同じ大学に通う三人組である。

「みどりは、いつもちっとも急いでないじゃないの」

と、千代子がからかった。

「あら、私だって急ぐことくらいあるわよ」

と、みどりが言って、

「ランチで行列のできてるお店に一秒でも早く入るためなら走るわ」

「呆れた。——ほら青になったよ」

と、エリカが促した。

一斉に人々が交差点を埋める。

エリカたちも、あちこちからやってくる人の流れの中を、すり抜けるように渡って、向かいの歩道へと急いだ。

「ママ……」

かすかな子供の声。エリカは足を止めた。

吸血鬼の正統たるフォン・クロロックを父に持つエリカは、人間よりずっと聴覚が鋭い。

今聞こえた子供の声に、どこか「心細げな響き」を聞き取っていた。

しかし、四方八方から人が行き交うスクランブル交差点の中では、子供一人の姿を見つけ出すことは容易でない。

それに、交差点の中で足を止めると、人にぶつかられ、邪魔にされる。

エリカは諦《あきら》めて先へ行こうとしたが……。

「ママ。──ママ」

子供の声は、はっきりと親を捜している。

迷子かしら？

そのとき、突然車のブレーキの音がした。

悲鳴が上がる。タイヤのきしむ音。

人が多くて、何が起こったのか分からない。

でも、ただごとじゃない！

エリカはそのとき、人が渡っているスクランブル交差点に向かって、なぜか停まらずに突っ込んでくる一台の車を見た。

人が次々にはねられ、なぎ倒される。

車は真っ直ぐエリカのいる辺りへと向かってきた。

叫び声を上げる間もなく、その車にはねられる人がいる、二人、三人――。

車は、ごく平凡な、よく見かける白の乗用車。それが人々の中へ飛び込んできたのだ。

そしてエリカは見た。

おそらくあの子だろう。三つか四つか。

いずれにしても、走ってくる車をよけるという経験はないだろう。

その男の子は、ポカンとして、車の方へ目をやっている。

車は男の子に向かって真っ直ぐに走ってくる。

時間はあるだろうか？　――一秒？　二秒？

エリカは迷う間もなく駆け出していた。迷っている分だけ遅れる。

一歩、二歩、車が男の子をはねようとする。

エリカの手が男の子の体を抱え上げると同時に、車は突っ込んできた。

「ヤッ!」

エリカの足が地をけった。

エリカは車の上に飛び乗っていた。そしてさらに車の屋根をけって、宙へ飛んだ。

路面へ転がり落ちながら、腕の中で男の子を抱え込んだ。

やった! 助かった!

その瞬間、車は歩道へ乗り上げ、そのままさらに歩行者をはねて、正面のビルへと突っ込んでいった。

ガラスが砕け、車はビルのロビーへ前半分を突入させて、そこで停まった。

すべては、ほんの数秒間の出来事だった。

エリカは起き上がって、男の子を下ろした。

「大丈夫? どこか痛くない?」

訊《き》かれても、男の子はキョトンとしているばかり。

「──誰か! 救急車を呼んで!」

と、叫ぶ声がした。

エリカは振り返って愕然《がくぜん》とした。

スクランブル交差点の中に、七、八人の人が倒れ、呻《うめ》いている。

居合わせた他の人々は、何があったのか分からない様子で、呆然と立ちすくんでいた。

「おい！　大丈夫か！」

と、交差点の近くの交番から、警官が走ってきた。

大丈夫、どころじゃないことぐらい、見りゃ分かりそうなものだ。警官もあわててしまって、どうしていいか分からないのだろう。

「早く救急車を！」

と、エリカは怒鳴った。

「それと、車の通行を止めて！」

「ああ……。しかし、どうしたんだ、一体？」

「まずけが人を助けて下さいよ！」

「うん、そうだ。——そうだが、一体何人けがしてるんだ？」

まだ若い警官はオロオロするばかりだ。

そのとき、

「純《じゅん》ちゃん！」

と、甲高《かんだか》い声がした。

若い女性が駆けてくる。

「ママ」

と、エリカの助けた男の子が手を振った。

「純ちゃん！　良かった！」

真っ直ぐに走ってくると、母親らしいその女性は、男の子を抱きしめて泣きだした。

「――エリカ」

と呼ばれて、

「みどり。大丈夫？」

「うん、私はね。でも……」

「え？」

「千代子が……」

エリカは、歩道に倒れている大月千代子を見て息を呑んだ。

「はねられたの？」

「よける間もなくて――」

「千代子！」

エリカは駆けつけて、

「しっかり！　――千代子！」

と、抱き起こした。

「痛い……」

千代子が呻いた。

「ごめんね、千代子。――助けてあげられなかった！」

「足が……。折れたと思う」

「すぐ救急車が来るよ」

と言ったものの……。

現場は大混乱だった。交差点で倒れている人たちも、放ったらかされている。

「千代子。少し我慢して。病院へ運ぶ」

「エリカ……。私は大丈夫。他の、もっとひどい人を運んで」

千代子は穏やかに言った。

「友だちを放っとけるか！」

エリカは千代子を抱き上げると、

「行くわよ！」

という声と共に、人々の間をすり抜けて、猛然と走り出した。

暴　走

「エリカ、どうだ？」

病院の廊下を、マントが翻《ひるがえ》るほどの勢いでフォン・クロロックがやってきた。

「お父さん」

「千代子《ちよこ》君は？」

「うん。足の骨折と、あとはすり傷ぐらい。頭を打ったりしてなかったから」

「そうか。知らせを聞いて、びっくりしたぞ」

「ありがとう、来てくれて」

——病院は、あのスクランブル交差点からほど近い場所だった。

あの事件でのけが人が、みんなここへ運び込まれているので、マスコミもやってきて大騒ぎである。

クロロックは、千代子の家族に会って、お見舞いの言葉を述べた。

その間に、エリカは麻酔で少しぼんやりしている千代子のそばへ行って、

「また明日来るよ」

と、声をかけた。

「うん……。エリカ、ありがとう」

エリカは千代子の手を握った。

父と二人、廊下へ出ると、

「みどりはさっき帰った。でも、千代子が大したことなくて良かった」

死者が出なかっただけ良かった、と言うべきだろうが、重傷者は何人もいる。

「あの車、何だったの？」

と、エリカが訊《き》く。

「分からん。一応、運転していた男は逮捕されたようだが」

と、クロロックは言った。

「何だか……ただの故障や、ブレーキの踏み間違いじゃなかったみたい」

「うむ……。現場へ行ってみるか」

「車はもう残ってないよ」

「分かっとる。しかし、何か手掛かりになるものが残っとるかもしれん」

二人が廊下をエレベーターへと向かうと、

「ママ」

と、聞いたことのある声がした。

「あのお姉ちゃん」

大勢やってきている見舞い客の間を抜けて、さっきエリカが助けた男の子が手を振っていた。

「まあ、本当だわ！　――この子の母親です」

と、エリカの前で深々と頭を下げて、

「本当にありがとうございました！　あのときはあわててしまって、お礼も申し上げず――」

「いいえ、あそこは大騒ぎでしたものね。それに私の友人も骨折して」

「伺《うかが》いました。いかがですか？　――あ、失礼しました。私、畑中佐知子《はたなかさちこ》と申します」

「僕、畑中純《じゅん》」

と、男の子が舌っ足らずな口調で言う。

「あ、偉いね。ちゃんと名前言えるんだ」

と、エリカは身をかがめて言った。

「幼稚園じゃ、名前言えるよ、みんな」

「そうか。お姉ちゃんはね、エリカっていうの。これは父です」

クロロックがマントの端をつまんで、

「フォン・クロロックと申す。お見知りおきを」

と、一礼する。

そのとき、廊下にいたけが人の家族たちが騒ぎだした。

「逃げた？」

「本当か？　捕まったんだろ？」

と、口々に言っている。

「待ってて」

エリカが行って、事情を聞くと、誰かがケータイで最新のニュースを見たら、あの暴走車を運転していた男が、警察署から逃亡したというのだった。

「──恐ろしい」

と、畑中佐知子は眉をひそめて、

「またどこかで……」

「どうも妙だな」

と、クロロックは首をかしげた。

「お父さん。これって、何か裏がありそうだね」

それを聞いて、

「どういうことですか？」

と、畑中佐知子は不安げに言った。

だが、それに答えるより早く、クロロックの耳は異変を聞きつけていた。

「エリカ！」

「え？」

「この二人を守れ！」

クロロックが向き直るのと同時に、病院の廊下に叫び声が上がった。

「助けて！」

「逃げろ！　危ない！」

その騒ぎを貫いて、

「誰も動くな！」

という怒鳴り声が響いた。

みんな、一瞬凍りついた。

「一人でも動いたら、こいつの喉《のど》をかっ切るぞ！」

頭に包帯を巻いた男が、中学生くらいの女の子を左腕でしっかり押さえつけ、その白い喉にナイフの刃を押し当てていた。

「あの男——車を運転してた奴だ」

と、エリカは言った。

「うむ。——確かニュースで、〈武井《たけい》〉とかいう名だと言っていたな」

と、クロロックが言った。

「どうする？」

「じっとしておれ」

クロロックは、静かに人々の間を分けて、その男の方へと進んでいった。

「——何だ、貴様は！」

と、男が怒鳴る。

「落ちつけ」

と、クロロックは言った。

「子供を殺して何になる。要求は何だ」

「これは——仕方ないんだ！」

「武井といったな、君は。武井君。何が一体『仕方ない』んだね？」

「俺の決めたことじゃないんだ！」

「ほう」

「〈声〉がやらせるんだ」

「〈声〉だと？」

「あの交差点にいる誰かを殺さなきゃならなかったんだ。命令に逆らうことは許されないんだ！」

武井の目は血走って、声も上ずっていた。

「なるほど。しかし、あの交差点にいた大勢を全部殺すことはできんぞ」

「だから、入院した奴らだけでも、一人残らず殺さなきゃならないんだ」

人質にされている女の子が泣きだした。

「うるせえ！　黙らないと殺すぞ！」

武井は興奮していた。女の子の方も、泣きやまない。

危険だ、とエリカは思った。

「ともかく落ちつけ。ナイフは危ない。捨てた方がいいぞ」

「危ないのはこいつの方だ」

「いや、そうでもない。ナイフが熱を持って、君が火傷《やけど》をする」

「何だと？　馬鹿な！」

と、武井は笑ったが、

「わ！　熱い！」

クロロックのエネルギーが、そのナイフの刃に集中して、刃が真っ赤に焼け始めたのである。とても持っていられず、武井が離すと、ナイフは床に落ちて、ジュッと音をたてた。

クロロックが目にも止まらぬ速さで突進すると、一瞬のうちに女の子を抱きかかえて、武井を突き飛ばした。

武井の体が壁にぶつかって、ズルズルと床へ崩れた。

泣き叫ぶ女の子に、母親が駆けつけてきた。

「ちょっと火傷をした。手当てしてもらいなさい」

と、クロロックは女の子を母親へ渡した。

武井は床に倒れて呻《うめ》いていた。

クロロックは武井のそばへ行くと、

「どうだ。〈声〉は聞こえるか?」

と訊《き》いた。

「ああ……。聞こえる……」

武井は放心状態で、トロンとした目でクロロックを見上げた。

「俺は……俺は……やりたくなかったんだ。本当だよ」

武井はかぼそい声で言った。

「話してみろ。知っていることを」

「俺は……あのときだ。〈声〉が、頭の中で……。あの公園……」

「公園？　どこの公園だ」

と、クロロックはかがみ込んで言った。

「あれは……。痛い！　やめてくれ！」

武井は突然悲鳴を上げた。

「しっかりしろ！」

しかし、武井は凄い叫び声を上げると、そのままぐったりと倒れ、声も消えた。

「――お父さん」

と、エリカがやってきた。

「死んだ」

クロロックは立ち上がると、

「可哀《かわい》そうに。――誰かがこの男を操っていたのだ」

「でも、誰が？」

「分からん」

クロロックは腕組みをして、

「あの交差点に、誰か狙われている者があったのだな」

「だからって、手当たり次第に人をはねる？」

「そういう奴なのだ、犯人は」

エリカは倒れている武井を見下ろして、

「この男じゃないのね」

「この男も、ある意味で被害者だろう。何か言っていたな。『公園』でどうとか」

「公園？」

「その言葉だけが手がかりだ」

病院の医師が駆けつけてきた。

エリカとクロロックがその場を離れると、

「本当にありがとうございました」

と、あの母親、畑中佐知子が礼を言いに来た。

「もう、これで安心ですね」

「まあ、そうだといいのだが……」

と、クロロックは言って、

「ともかく、最近は何が起こるか分からん。用心しなさい」

「はい！」

何度も礼を言って、子供、純の手を引いて帰っていく畑中佐知子を見送って、

「――あの親子に、狙われる理由があるとも思えんな」

と、クロロックは呟《つぶや》いた……。

黒い霧

「さよなら！」

「明日ね！」

と、若い声が飛び交う。

黄昏《たそがれ》どきの校庭は、クラブの練習をする子たちが駆けているだけだ。

下校するセーラー服の女の子たち。

「じゃあね、栄子《えいこ》」

と、数人のグループが手を振って、

「バイバイ」

と、一人だけが別れていく。

真新しい学生鞄を持ち直したその少女は、一人、足どりを速めた。

電柱のかげから、

「栄子」

と、セーター姿の女性が顔を出す。

「お母さん！　――ああ、びっくりした！」

と、少女が胸に手を当てて、

「もう……。心臓が止まるかと思ったよ」

「ごめんなさい。でも心配で。――誰か校門の辺りにいなかった？」

「いないよ、誰も」

「じゃいいけど……。さ、帰りましょ」

母娘《おやこ》は並んで歩きながら、

「お母さん、そう心配しなくて大丈夫だよ」

と、栄子が言った。

「油断しちゃだめよ」

と、水原《みずはら》早苗《さなえ》は言った。

「ああいう人たちは、そりゃあしつこいんだから」

「うん……。でも、私、もう武井《たけい》じゃないんだし。両親別れた、って子、クラスでも五、六人いるよ。珍しくない」

「そうね」

と、早苗は娘の肩を抱いて、

「お母さん、心配し過ぎかもしれないわ。でも、あんたが辛《つら》い目にあうのは、何としても避けたいから……」

「でも――」

と、栄子は夕暮れの空を見上げて、

「お父さん、どうしちゃったんだろうね。あんなにやさしい、いいお父さんだったのに……」

目に涙が溢《あふ》れてくる。

「もう忘れなさい。お父さんのことは」

と、早苗は暗い表情で、

「あんな事件を起こしたのよ。私たちが、そのせいで、どんな目にあうかも考えず」

「でも……」

と、栄子は不服そうに言いかけたが、思い直して口をつぐんだ。

――お父さんのせいで。

お母さんには、そういう思いが強いんだ。

栄子は今、高校一年生。東京から、この小さな町へ引っ越してきた。

もちろん、誰も知り合いや親戚はいない。〈武井〉の姓も、母親の旧姓〈水原〉に変えたから、高校でも栄子が、

「あの事件を起こした武井良介《りようすけ》の娘」

だとは、誰も知らない。

母の早苗は、今四十歳。

娘も大きくなったので、ここ数年、色々な習いごとに通い、同年代の知人、友人もふえていた。

家事、育児に専念していた日々を取り戻すように、このところ娘の栄子から見ても、

「お母さん、若返ったね」

と言うほどだったのである。

そこへ――あの事件。

父、武井良介が車でスクランブル交差点へ突っ込み、大勢の人をはねた。しかも、そのけが人が入院している病院にまで押しかけて、殺そうとした……。

動機も全く分からないまま、武井は脳の出血で死んでしまった。

マスコミは、突然「凶悪犯の家族」になった早苗と栄子へと殺到した。

週刊誌には、「母の浮気」や「娘の非行」という、まるきりでたらめの記事が並び、早苗は明るいうち、全く外へ出なくなった。栄子も学校を休んだ。

そして――一カ月以上たって、やっと周囲は静かになり、二人は夜逃げするようにこそこそと引っ越したのである。

早苗は、夫の凶行の理由が全く分からないまま、ともかく夫のせいで、すべての楽しみを奪われた、という思いがある。

栄子は、母ほど父親を恨んでいない。もともと父親っ子で、父の人の好さ、やさしさを知っているだけに、こんなことになった理由が知りたかった。

しかし、母はもうその話をすることさえいやがる。

「――夕ご飯の買い物をして帰りましょ」

と、早苗が言った。

辺りは薄暗くなっていた。

川べりの道を折れると、小さな商店街に出る。二十四時間開いているコンビニは、もちろんない。

「あれ？」

と、栄子は足を止めた。

「暗いわね」

早苗も戸惑っている。

いくら何でも、こんなに急に暗くなる？

黒い霧のようなものが、二人の周囲を包んでいた。――何だろう？

「お母さん――」

二人は思わず身を寄せ合っていた。

二人の周囲は全くの闇になった。

そして――突然、悲鳴が聞こえてきた。それも一人ではない、大勢の人たちの悲鳴。

「助けて！」

「痛い！　痛いよ！」

大人の声、子供の声、そして、

「誰か、救急車を呼んで！」

と叫ぶ声。

これは……まさか……。

すると、突然、二人の前の闇の中に、まるでスクリーンに映し出された映画のように、あの情景が大きく見えたのである。

人が行き交うスクランブル交差点。そこへ突っ込んでいく一台の車。

人がはねられ、ひかれ、なぎ倒される。

血を吐いて倒れる老女、ぐったりした子供を抱きかかえて、泣き叫ぶ母親……。

「やめて、やめて！」

と、早苗が叫んだ。

「もう沢山だわ！」

「お母さん――」

栄子がしっかりと母親を抱きしめた。

そのとき、栄子は頭の中で何か声が響くのを聞いた。

「お前たちだ」

え？　――誰？　誰の声？

「お前たちのせいだ」

何のこと？　誰が話してるの？

「お前たちのせいで、あいつは狂ったのだ」

お父さんのこと？

「罪を償え」

と、その声は言った。

「死んで詫びろ！」

誰なのよ！　誰がやってるの？

不意に、二人の周囲には闇が戻った。

「お母さん！」

「栄子……。私たちのせいなのね」

「お母さん、しっかりして！」

「死ななきゃいけないのね、私たち……」

「そんなことないよ！　お母さん！」

と、栄子は叫んだ。

そのとき――闇の奥から、

「散れ！」

と、声がした。

「夜の世界へ帰れ！」

すると、二人の周囲の闇はかき消すように消えていった。

薄明の中、栄子と早苗は、いつもの道に立っていた。

そして、街灯がチラチラと点滅して点《つ》いた。

「お母さん……」

「栄子……。今のは？」

「分かんないよ」

「きっと……あの事件でけがをした人たちの恨みなのよ」

と、早苗が思い詰めた表情で言った。

「そんなこと――」

栄子が言いかけたとき、

「武井さんのご家族ですね」

と、男の声がした。

背広姿の男が立っている。スラリとした、三十歳くらいのすてきな男性だ。

「どなた?」

「失礼しました。僕はこういう者です」

男の出した名刺には、〈N新聞記者　北川雄一《きたがわゆういち》〉とあった。

「ずいぶん捜しましたよ。あの事件が片づいていないのに、お二人とも姿をくらましてしまって……」

「やめて下さい!」

早苗は名刺を投げ捨てると、

「私たちとは関係ありません!」

「奥さん――」

「行くわよ！」

早苗は栄子の手を引いて、その場から駆けるように立ち去った……。

圧　力

「おはよう！」

教室へ入っていった栄子《えいこ》は、元気よく声をかけた。

いつもなら、いくつもの声が、

「おはよう！」

と返ってくる。

しかし、今日はいつもと違っていた。

みんながピタリと話をやめ、一斉に栄子を見たのだ。

「——どうしたの？」

栄子は当惑して、クラスの中を見回した。

そして——黒板に目を止めた。

あの記事だった。

武井《たけい》が車で交差点に突っ込んだ事件。——その一面トップの記事が、黒板に貼られていたのだ。

「——栄子。あんたの名前、本当は〈武井〉っていうの？」

と、一人が訊《き》いた。

「私……」

「あの犯人の娘なの？」

自分に向けられた冷ややかな視線。——それは栄子が東京で浴びたものと同じだった。

「私は水原《みずはら》栄子よ」

と、胸を張って、

「お母さんの方の姓だから、別に嘘ついたわけじゃない」

「それは分かってるけど……」

「私がお父さんの子だから、突然暴れ出すと思ってるの？　心配なら帰るわ。——その方が安心でしょ」

栄子は教室から駆け出した。

そして、一気に校門を飛び出すまで走ると、肩で息をついて、足を止めた。

もう……誰も口をきいてくれない。

誰も友だちでなんか、いてくれないんだ。

栄子は電柱にもたれて、視線を足下へ落とした。

「逃げちゃだめ」

と、声がした。

びっくりして振り向く。

「私、神代《かみしろ》エリカ」

と、その女の子は言った。

「私の親友があのとき、足を折ったの」

「私に謝れって言うの？」

「いいえ。――あれはあなたのお父さんのせいじゃない」

「え？」

「お父さんは誰かに操られていたのよ。真相が知りたい。力を貸して」

「でも……」

「今はともかく学校へ行って。こんなことで負けちゃだめ」

「でも……」

「帰りに、この校門の所で待ってるわ」

その人の視線はふしぎに栄子の心を落ちつかせた。

「すみません」

と、栄子は言った。

「東京で――あんまりひどい目にあったもんで」

「分かるわ。でも、初めから周りが敵ばっかりだと思っちゃだめ。自分は自分よ。そう信じて、胸を張っているの」

「でも――お母さんが……」

「お母さんの所には、父が行ってるわ」

「え？」

そこへ、バタバタと足音がして、同級生が十人近くも校門から駆け出してきた。

「栄子！　ここにいたんだ！」

「良かった！　もう帰っちゃったかと思ったよ」

栄子は、神代エリカがいつの間にかいなくなっているのに気づいた。

「栄子、教室に戻ろう」

と、友だちが腕を取る。

「いいの？」

「誰も、栄子のこと、嫌ってなんかいないよ」

「そう！　みんな、ちょっとびっくりしただけ」

「さあ、行こう。ね？」

「うん……」

栄子は促されて、教室へと戻っていった。

「大体、あれを貼ったのが誰なのか分かんないんだよ」

と、クラスメイトの一人が言った。

「変だよね。教室にわざわざ入って貼ってくなんて」

「もう、はがして破って捨てたからね！」

教室へ入っていくと、

「遅刻だよ！」

と、誰かが言って、みんながドッと笑った。

栄子は、さっき感じた冷たい視線が、自分の思い込みだったことに気づいた。

みんなの視線は暖かい。

栄子は嬉しくなって、いつか涙ぐんでいた……。


まだ……。

まだ誰かが表で見張っている。

早苗《さなえ》は、そっとカーテンを開けて、ほとんど五分おきに外を覗いていた。

まだ朝のうちだ。誰かが外を歩いていても当然だが、今の早苗には、そのみんなが、

「あんなひどいことをした男の妻なんだ」

という目で、こっちを見ていくような気がする。

——栄子は可哀《かわい》そうだ。

でも、仕方ない。こんな思いをして生きていくより、いっそ……。

「武井さん！」

と、玄関の外で声がして、早苗は飛び上がりそうになった。

「N新聞の北川《きたがわ》です！　昨日お会いした」

またやってきた。どうして放っておいてくれないのだろう。

「武井さん！　いらっしゃるんでしょう？」

「水原です！」

カッとして、つい叫んでしまった。

「奥さん。少しでいいんです。お話を聞かせて下さい」

「帰って！」

と、ドア越しに怒鳴った。

「決して、お二人にとって悪い記事にはなりませんよ」

「もう沢山！　帰って下さい！」

——しばらく沈黙があった。

諦《あきら》めて帰ったのか。

早苗が奥の居間へ戻ると、

「お邪魔しとる」

妙な格好の男がソファに座っていた。

吸血鬼みたいなマントを身につけている。

「誰です？　勝手に人の家に――」

「緊急の場合なのでな」

と、その男は、いやにのんびりと言った。

「私はフォン・クロロック」

「クロ……？」

「あんたに訊きたいことがある、ご主人は気の毒なことをした。あの事件には、ふしぎな力が働いている。ご主人は頭の中に聞こえる声の命令で、あんな行動に出たのだ」

「声ですって？」

「それに逆らおうとしたとき、声がご主人を殺した」

「あの人を……」

「死ぬ間際、ご主人は『あの公園で』と言いかけた。何か心当たりはないかね？」

「公園……」

早苗は首を振って、

「何のことだか……」

「よく考えてくれ。余計なことは心配せんでいい」

「あの……娘が学校にいますが、大丈夫でしょうか？」

「心配いらん。うちの娘がついている」

早苗は、ますますわけが分からなくなった……。


「分かりました」

早苗は、クロロックの話を聞くうちに、ずいぶん気持ちが落ち着いてきた。

「何か思い出せることはないか」

と、クロロックが訊く。

「公園ですか……。はっきりは申し上げられませんけど……」

「何か？」

「いえ、うちで『公園』と言えば、主人と暮らしていた自宅の近くにある公園のことでした」

「どんな公園だね？」

「大した公園では……。どんな名前がついているかも知りません」

と、早苗は首を振って、

「河川敷なんです。川が増水すると、水の下になってしまうこともありますが、そうでないときは、よく主人は小さな娘の手を引いて、あそこへ遊びに行っていました。――ちょっとしたブランコとかがあるだけの広場ですが、自由に駆け回れるので、娘も気に入っていました」

「川の近くか……。それかもしれん」

「でも、公園がどうしたんでしょう？」

「一度、一緒に帰って、その公園へ案内してくれ」

「はあ……。でも、あの家にはもう……」

「心配するな。いい思い出の残る家は戻るとも」

クロロックの暖かい口調が、早苗の不安を次第に溶かしていくようだった。

「――分かりました」

と、早苗は肯《うなず》いて、

「いつまでも逃げて暮らしてはいられませんものね」

「その通り」

と、クロロックは微笑《ほほえ》んで言った。

「あんたが勇気を出せば、娘さんも幸せになる」

早苗はハッとしたように、

「そうでした。——あの子がどう思っているか、考えていませんでしたわ」

「さっき、玄関の所で話しかけていたのは、誰だ？」

「あ、何だか——新聞記者だとか」

「記者？」

「昨日も、川べりで声をかけられて……」

「そうか」

クロロックは、やや厳しい表情で肯いた……。

川辺の闇

明るい日射しが、その河川敷に当たっていた。

暖かで、穏やかな午後である。

「いつも、お父さんとここへ来たわ」

と、栄子《えいこ》が懐かしげに言った。

「小さいころですけど」

「最近は？」

と、エリカが訊《き》く。

「もう、私も休日は友だちと出かけることが多かったし、父も仕事で疲れて寝ていたので……」

クロロックとエリカ、それに早苗《さなえ》と栄子の四人は、河川敷へ下りてみた。

「誰も遊んでないのね」

と、エリカは人気《ひとけ》のないその公園を見回した。

「この時間は一番人がいないんです」

と、早苗が言った。

「今日は平日ですから、午後にはお母さんたちも、買い物に行くので」

川の水は少なくて、少し水音をたてながら、静かに流れている。

「——思い出した」

と、栄子が言った。

「どうして忘れてたんだろう!」

「何のこと?」

「あの事件の前の日曜日、お父さんに誘われたの。『久しぶりにあの公園へ行ってみないか』って」

「そうだった?」

「お母さん、出かけてた。——私、どうせヒマだったんだけど、何だかお父さんと二人で公園なんて照れくさくて……。用がある、って言って自分の部屋に引っ込んじゃった。お父さん、一人で出かけたみたいだった」

「そうだったの」

「私……お父さんが死んだと聞いたときに、『ああ、あのとき一緒に公園へ行ってあげれば良かった』と思ったわ。今、思い出した。あの後の騒ぎで、忘れちゃってた」

「なるほど」

と、クロロックが肯《うなず》く。

するとエリカがふと眉を寄せて、

「何だか――川の流れの音が変わらない？」

と言って、川の方へ目をやり、

「お父さん！」

川底が覗くほど細く流れていたはずの川が見る見るうちに水量を増していた。

そして水は河川敷へと溢《あふ》れてきた。

「落ちつけ」

と、クロロックは言った。

「これは現実ではない」

「え？」

「幻なのだ。しかし、恐れたら現実の水と同様人を呑み込み、溺《おぼ》れさせる。しっかり自分の気持ちを持て。何でもない、大丈夫、と信じるのだ」

足下に水がひたひたと寄せてくる。

エリカは、父がこの母娘《おやこ》に「霊の力」に対抗できる強さを教えているのだと分かった。

だからあえて逃げようとしないのだ。

水はたちまち膝《ひざ》から腰へと上がってくる。

「お母さん……」

「大丈夫だ。父親の霊が守ってくれる」

「お父さんが？」

「父親を信じろ」

「はい！」

と、栄子が肯く。

黒い水は四人の頭より高く、すっかり呑み込んでしまった。

闇が四人を包む。

「心配するな。これは我々の意識に映されている映像なのだ」

「――本当だ」

と、栄子が言った。

「ちゃんと息ができる！」

「その調子だ」

「お母さんも深呼吸してごらんよ！」

「でも……大丈夫？」

「大丈夫だってば！」

「あら。――本当だわ。溺れない」

と、早苗が言って笑った。

栄子も一緒に笑った。

その瞬間、獣の咆哮《ほうこう》のようなウォーンという声が四人をグルグルと巡った。

そして――一瞬のうちに、闇は消え、水もなくなって、元の通りの光景が辺りに広がっていた。

「――今の声は?」

と、栄子は訊いた。

「あの声が、お父さんに取りついたのだ。お父さんは、溺れそうになって恐怖を覚えた。そのとき、あの声が、お父さんを支配したのだ」

「あれは何なの?」

と、エリカが訊く。

「さあな。古くから、この川の底にあった、〈悪〉のエッセンスのようなものだろう。水量が減って、空中へ解き放たれたのだ」

「どうするの、これから?」

「原点に戻る」

「原点?」

「あの交差点だ」

と、クロロックは言った。

平日とはいえ、あのスクランブル交差点には人が溢れている。

「──また何か起こるんですか」

と、栄子が訊く。

「今に分かるだろう」

信号が青になり、人々が一斉に交差点を渡り始める。

クロロックたちは動かなかった。

「──お姉ちゃん」

エリカの手を引っ張る、小さな手があった。

「やあ」

エリカは、畑中純《はたなかじゆん》の明るい笑顔に、ニッコリ笑いかけた。

「あ、先日は……」

畑中佐知子《さちこ》が、クロロックに会釈《えしやく》した。

「お出かけかな?」

「はい。──ここはあんまり通りたくないんですけど、どうしても……」

歩行者用の信号が点滅を始めた。

「あ、もう赤になるわ。待ってようね、純ちゃん」

赤になりかけても、急いで駆けて渡るせっかちな人たちもいる。

「あら、あの人――」

と、早苗が言った。

「N新聞の記者だわ」

バタバタと駆けてくると、

「やあ、武井《たけい》さん！」

と、早苗を見て、

「偶然ですね。北川《きたがわ》です。――失礼、水原《みずはら》さんでしたね」

「いえ、武井でも一向に構いません」

と、早苗は言った。

「お訊きになりたいことがあれば、どうぞ」

早苗は別人のように強くなった。

「いや、それはありがたい」

と、北川は言った。

「この場所をわざわざ訪れたのは？」

「それは、真実を知るためだ」

と、クロロックが代わりに答えた。

「は？　どなたです？」

「お前の邪魔をする者だ」

クロロックが北川の額に指先を当てると、北川は、

「ウッ！」

と呻《うめ》いて、後ずさった。

北川の顔が見る見る変わって、凶悪な顔つきになると、

「俺を怒らせたな！」

と、怒りに声を震わせて、

「信号を待っている奴らを、なぎ倒してやる！」

突然、通りを走る車が右へ左へと曲がり始めて、横断歩道の手前で青信号を待っている人々の中へ、突っ込んでいこうとした。

そのとき――。

畑中純が、怒ったように北川を指して、

「だめ！」

と叫んだ。

北川が見えない手で突かれたように、仰向けに倒れる。

同時に、車は車道へ戻って、停まった。

「畜生！」

北川は起き上がると、

「生意気なガキが！」

と、つかみかかろうとする。

クロロックが北川の胸ぐらをつかんで、

「自分の闇の中へ戻れ！」

と言うなり、車の行き交う通りの真ん中へと放り投げた。

アッという声が上がった。

しかし、北川の体は、車道に叩きつけられると同時に、水となってはねた。

「――何ごとだ？」

周囲の人々がどよめいている。

「お父さん……」

と、エリカが目を丸くして、

「純ちゃんが？」

「この子には、〈悪〉を叩きのめす天性が具《そな》わっているのだ。だからこそ、狙われたのだな」

「じゃあ、あの車は……」

「――申しわけありません」

と、佐知子が言った。

「気がついていたのですが、そうお話しするのが怖くて」

「大事に育てなさい」

と、クロロックは純の頭に手を当てて、

「いつか、我々がこの子に仕えることになろう」

と言った。

歩行者用信号が青になった。

「では」

と、一礼し、佐知子は純の手を引いて、交差点の人波の中へ消えていった。

「ふしぎなことを体験しました」

と、早苗は言った。

「お母さん……」

「でも、安心しました。夫はいい人だったんですね」

早苗は涙ぐんでいた。

そして、母と娘はしっかり手を取り合い、交差点を渡っていった。

「――私、千代子《ちよこ》のお見舞いに行かなきゃ」

と、エリカは言った。

「フルーツでも買っていこうかな。お父さん、おこづかい、ちょうだい」

クロロックは渋い顔で財布を出すと、

「こっちのこづかいも乏しいんだぞ」

と、ブツブツ言いつつ、エリカと、

「もう少し」

「だめだ！」

と、もめ始めたのだった……。

解説

岩谷翔吾

両親も妹も本好きだったこと、実家の目の前が図書館だったこと。家のあちこちに、いつも家族の誰かが借りてきた本が置いてあったこと。

今思えば、僕が育ったのは、日常的に本を読み、本に親しむのが当たり前の環境でした。親から「本を読みなさい」と強制された記憶は一度もないけれど、気がつくと「時間さえあれば本を読む子」になっていました。しかも、僕は昔から妙に合理的な考え方をするところがあって、受け身で楽しむ映像作品やゲームより、自分のペースで楽しめて、語彙力《ごいりょく》や頭の回転を鍛えられる読書や将棋の方が自分を成長させてくれる！　と考える傾向がありました。

大人になった今でもそれは変わらなくて、時間がある時はまず本を開いてしまいます。読書のチャンスを逃したくないから、自宅にはあらかじめ買い集めた読みたい本をストックしてあるんですよ。

　そんな自分だから、今回、赤川次郎先生の『吸血鬼はレジスタンス闘士』の解説を書かせていただくチャンスに恵まれて、すごく嬉しかったです。

　実は、両親も昔から赤川先生の作品のファンで、特に母は小学生の頃から、毎週学校の図書室で赤川先生の本を借りては読んでいたそうです。もちろん、この「吸血鬼はお年ごろ」シリーズも愛読していたらしく、今回僕が解説を書かせていただくことを伝えたら、ものすごく喜んで……親孝行した気分になってしまいました。


「吸血鬼はお年ごろ」シリーズの魅力は、なんといってもびっくりするぐらい読みやすいこと。今まで読書って「よし、読むか！」と気合いを入れてから向き合うところがあったんですが、この『吸血鬼はレジスタンス闘士』は、カフェにいる時でも、寝る前でも、どんなシチュエーションでも構えずにサクサク読める。展開がスピーディで続きが気になるので、あっという間に一冊読み切ってしまいました。勢いに任せて一気読みしてしまったのでその後読み返してみたところ、一度目は気づかなかった新たな発見もあり、その読みやすさと、読み出すと止まらなくなるところが、本当にすごいなと思ったんです。

大人になると、忙しくて本を読むためにまとまった時間が作れないってこと、誰にでもありますよね。子どもだって、まだ本に慣れていなくて、なかなか一冊を読み切れないってことも。そんな人に、ひとつの話が短くて読みやすい「吸血鬼はお年ごろ」シリーズはぴったりだし、本に親しむきっかけになると思うんです。読む人の年齢を選ばない作品なので、子どもにも、大人にもおすすめしたい。たとえば親子で読んで感想を伝え合ったり、子どもの時に一度読んで、大人になってから読み返して、読み終えた時の印象の違いを味わったり……いろんな楽しみ方ができるんじゃないかな。

このシリーズの魅力は、なんといってもエリカと父のクロロック、人間を超越した主役ふたりのキャラクターにあります。エリカは若いのに軸がしっかりしていて、芯の強い女性。一方でクロロックは正統派吸血鬼として数百年生きてきた経験値があるから、常に余裕のある雰囲気をまとって、男の色気を漂わせている。そんなふたりが、いつも人間のために率先して動き、義理人情を大切にして、人間じゃないのにいちばん人間味があるというところがおもしろいですね。特にクロロックは、誰が相手でも上から目線にならず、「吸血鬼地獄谷を行く」の中に登場したドイツの文化大臣・リザさんのようなＶＩＰ相手でも壁を作らず、ある種の人なつっこさをもって接していく。だから、クロロックとエリカの周りには、自然に人が集まるのかな？　と思わされるシーンが随所にありました。だからクロロックは、恐妻家として描かれていますが、さぞモテるでしょうね。もしクロロックと実際に知り合えたら、親しくなってずっとついて行きたい。そう思ってしまう男の魅力が彼にはあります。

『吸血鬼はレジスタンス闘士』は、表題作と「吸血鬼地獄谷を行く」「吸血鬼、交差点に立つ」の3つのエピソードで構成されています。どの作品も、冒頭から「これは何かが起こる！」という絶妙な不穏さが漂っていて、読み始めから固唾《かたず》を呑む感じ。特に僕は「吸血鬼、交差点に立つ」の冒頭が好きです。エリカと友だちの千《ち》代子《よこ》、みどりがスクランブル交差点で信号待ちしているシーンで、

「ここで二、三秒急いでも、どうってことないのにね」

「でも、それで電車一本逃したら、三秒の違いが結局十五分も二十分も差が出ることになるよ」

という会話があるんですが、自分も常々そう思っていたことが、作中でサラッと端的に描写されていることに心を摑まれました。この会話から始まる冒頭シーンで感じた不穏さは、次第に切迫感を持って読み手にも迫ってきて、クライマックスでは謎が解けるカタルシスを体験できますし、伏線が回収される爽快さもある。ひとつの作品を読む間に、いろんな感情を体験できました。

もうひとつ、印象的だったのは、この作品、人間ではないクロロックとエリカを主人公に据えて、時には幽霊なんていう存在も登場してくるのに、いちばん恐ろしいのはいつも「人間」なんですよ。人と人との抜き差しならない関係、ドロッとした駆け引きの描写が研ぎ澄まされていてなんともリアルで、赤川先生はいったいどうしてこんなことが書けるんだろう!? って、圧倒されました。一話一話は短いけれど、物語を終えた後のゲストキャラの人生を想像してしまう。そんな余地がある点も素敵ですよね。

僕は俳優としての仕事もさせてもらっているのですが、もし「吸血鬼はお年ごろ」シリーズが実写化されるなら、ゲストキャラの犯人を演じてみたいですね。赤川先生流に、ダークな部分を肥大化させたキャラになって、新たな自分を見つけてみたいなと思いました。

僕は、今の仕事をするようになって、読書が自分に与えてくれるものの意味をよく考えるようになりました。まず、文章を読んで、そこに描写されているものを、頭のなかにビジョンとして描く力。今はスマホでやりとりする時は、絵文字なんかで簡単に感情を表現できますが、小説は基本句読点と「……」や「――」だけ。でも、そのシンプルな表現の中に、人の感情のすべてが込められているわけです。読書をしていたから、そういうものを読み取る力が培《つちか》われましたし、役者としての仕事をするとき、脚本や役柄を解釈するうえですごく役立っています。

最近は、俳優としての仕事もいただいていますが、所属グループ『THE RAMPAGE from EXILE TRIBE』では、パフォーマーとして、ダンスパフォーマンスを担当しています。ステージ上では、ヴォーカリストのように言葉で伝えることはありませんが、だからこそ内から出る「感情」が大事だと思うんです。たとえば、見た目がカッコいいだけのダンスって、一瞬の歓声を浴びただけで終わり、オーディエンスの心に何も残せない。逆に、演者の内側からほとばしる「感情」をこめた全力のパフォーマンスは、観てくれた人の心に一生残るものだと思います。それは小手先のものではなくて、踊るときの表情や身のこなしすべてで伝えるものだと思うので、僕はいつも、汗水を流して顔がぐちゃぐちゃになっても、常に「その時の自分の全力をぶつけたパフォーマンス」を観てもらいたいと考えています。

また、オーディエンスに向かう時、僕たちは「自分対、たくさんのお客さん」ではなく、「自分とひとりのお客さん、一対一の向き合い」が観客の人数分あると思ってパフォーマンスしています。オーディエンスの皆さんは、一人ひとり異なる人生を持っているわけですが、そこにある無数の人生を精一杯想像、理解して、パフォーマンスで寄り添っていくんです。

パフォーマンスに感情をこめること、オーディエンスの人生に寄り添うこと、どちらにとっても重要なのは「人の感情」を理解することで、そのための鍵が、僕にとっては「読書」です。文字だけの本は、自分の世界を無限に広げてくれます。

はじめに、僕は「映像作品よりも本が好き」であると書きました。たとえば映画なら、キャラクターも台詞《せりふ》回しも情景もひとつの形で設定されていて、こちらはそれをそのまま受け取って味わいます。でも、本は描かれている情景を自分の頭の中で想像して味わう。その世界に入り込んで自由に想像できるんです。文中に「青い海」と書かれていたとして、読者が思い浮かべる青い海ってそれぞれ違いますよね。そんな風に、読み手が自由に想像できるところが、本の世界の醍醐《だいごみ》味だと思います。

本の中では、自分が今まで経験していないことも経験できるし、いろんな人間の立場を疑似体験できる。とりわけ小説作品は、人間のさまざまな感情を理解する助けになっているなと感じます。そのせいか、僕は本を読む時、自分にないものを求める傾向があります。自分自身が楽観的な性格なので、ダークなもの、人の中にある闇をクローズアップしたミステリージャンルをつい手に取ってしまいますね。

今回「吸血鬼はお年ごろ」シリーズとじっくり向き合ってみて、年齢を問わず誰にでも気負わず読める敷居の低さと、一方では人間同士の関係の根っこにある、ある種の怖さ、妖《あや》しさみたいなものを感じて、改めて赤川先生の作品のすごさを実感しました。長編のミステリー小説は、特有のドキドキ感や、もっと先へ、もっと先へと畳みかける感じがあって大好きなんですが、やっぱり本を読むのに慣れた人でないとなかなか何百ページを読み通せない。このシリーズのように、一気に読めるサスペンスって、なかなか希有《けう》なんじゃないかと。

僕自身は、パフォーマーとしての仕事から始まって、俳優、将棋、アナウンス……と、自分の興味から、かかわるジャンルを徐々に増やしています。本に絡むお仕事も、将来的にはぜひ挑戦してみたいなと考えているんですよ。

たとえば、ブックレビュー。僕はブックレビューを読むのが結構好きで、一冊の本を読み終えたら、その本のレビューを探して読むことが多いんです。ミステリー作品では、読み手の受け取り方しだいで、物語にいろいろな解釈が生まれたりしますよね。他の人はどう読んだのかな？　って、気になってレビューで確認しちゃう。

一冊の本について、ひとりひとりの解釈・感想を、みんなで語り合うようなイベントがあったら、すごく楽しいと思うんです。「吸血鬼はお年ごろ」シリーズは、そういうイベントにもぴったりの作品じゃないかという気がしています。クロロックやエリカの魅力、人間関係の普遍的な怖さ、おもしろさについて、ぜひみなさんのいろんな意見を聞いてみたいですね。

（いわや・しょうご　THE RAMPAGE from EXILE TRIBE パフォーマー）

この作品は二〇〇六年七月、集英社コバルト文庫より刊行されました。

集英社文庫

吸血鬼《きゅうけつき》はレジスタンス闘士《とうし》

2021年2月25日　第1刷　　　定価はカバーに表示してあります。

著　者　赤川次郎《あかがわじろう》

発行者　徳永　真

発行所　株式会社　集英社
東京都千代田区一ツ橋2-5-10　〒101-8050
電話　【編集部】03-3230-6095
【読者係】03-3230-6080
【販売部】03-3230-6393(書店専用)

印　刷　大日本印刷株式会社

製　本　大日本印刷株式会社

フォーマットデザイン　アリヤマデザインストア　　　マークデザイン　居山浩二

ISBN978-4-08-744209-0 C0193